琼 瑶

作 品 大 全 集

一颗红豆

琼瑶 著

作家出版社

琼瑶，本名陈喆，作家、编剧、作词人、影视制作人。原籍湖南衡阳，1938年生于四川成都，1949年随父母由大陆赴台生活。16岁时以笔名心如发表小说《云影》，25岁时出版首部长篇小说《窗外》。多年来笔耕不辍，代表作包括《烟雨蒙蒙》《几度夕阳红》《彩云飞》《海鸥飞处》《心有千千结》《一帘幽梦》《在水一方》《我是一片云》《庭院深深》等。

多部作品先后改编成为电影及电视剧，琼瑶也因此步入影视产业。《六个梦》系列、《梅花三弄》系列、《还珠格格》系列等，影响至深，成为几代读者与观众共同的记忆。

琼瑶以流畅优美的文笔，编织了众多曲折动人的故事。其作品以对于梦的憧憬和爱的执着，与大众流行文化紧密结合，风靡半个多世纪，成为华文世界中极重要的文学经典。

我为爱而生，我为爱而写
文字里度过多少春夏秋冬
文字里写下多少青春浪漫
人世间虽然没有天长地久
故事裡火花燃烧爱也依旧

　　　　　　　　　复禄

第
一
章

　　凌晨。天色才只有些蒙蒙亮。可是，夏初蕾早就醒了。用手枕着头，她微扬着睫毛，半虚眯着眼睛，注视着那深红色的窗帘，逐渐被黎明的晨曦染成亮丽的鲜红。她心里正模糊地想着许多事情，这些事情像一些发亮的光点，闪耀在她面前，也像旭日初升的天空，是色彩缤纷而绚烂迷人的。这些事情使她那年轻的胸怀被涨得满满的，使她无法熟睡，无法镇静。即使一动也不动地躺在那儿，她也能感到血液中蠢蠢欲动的欢愉，正像波潮般起伏不定。

　　今天有约会。今天要和梁家兄妹出游，还有赵震亚那傻小子！想起赵震亚她就想笑，头大，肩膀宽，外表就像只虎头狗。偏偏梁致中就喜欢他，说他够漂亮，有男儿气概，"聪明不外露"。当然不外露啦，她就看不出他丝毫的聪明样儿。梁致中，梁致中，梁致中……梁致中是个吊儿郎当的浑小子，赵震亚是个傻里傻气的傻小子！那么，梁致文呢？不，梁致文不能称为"小子"，梁致文是个不折不扣的谦谦君子，他和梁致中简直不像一个娘胎里出来的，致中粗犷豪迈，致文儒雅谦和。他们兄弟二人，倒真是各有所长！如果把两个人"都来打破，用水调和"，变成一个，准是"标准型"。

想到这儿，她不自禁地就笑了起来，她的笑声把她自己惊动了，这才觉得手臂被脑袋压得发麻。抽出手臂，她看了看表，怎么？居然还不到六点！时间过得真缓慢，翻了一个身，她拉起棉被，裹着身子，现在不能起床，现在还太早，如果起了床，又该被父亲笑话，说她是"夜猫子投胎"的"疯丫头"了。闭上眼睛，她正想再睡一会儿，蓦然间，楼下客厅里的电话铃响了起来，清脆的铃声打破了黎明的寂静。她猛地就从床上直跳起来，直觉地感到，准是梁家兄弟打来找她的！翻身下床，她连拖鞋也来不及穿，就直冲到门口，打开房门，光着脚丫子连蹦带跳地跑下楼梯，嘴里不由自主地叽里咕噜着：

"就是妈不好，所有的卧室里都不许装分机，什么怪规矩，害人听个电话这么麻烦！"

冲进客厅，电话铃已经响了十几响了，抓起听筒，她气喘吁吁地嚷：

"喂！哪一位？"

"喂！"对方细声细气的，居然是个女人！"请问……"怯怯的语气中，却夹带着某种急迫和焦灼，"是不是夏公馆？"

"是呀！"夏初蕾皱皱眉，心里有些犯嘀咕，再看看表，才五点五十分！什么冒失鬼这么早打电话来？

"对不起，"对方歉然地说，声音柔柔的，轻轻的，低沉而富有磁性，说不出来的悦耳和动听，"我请夏大夫听电话，夏……夏寒山医生。"

"噢!"夏初蕾望望楼梯，这么早，叫醒父亲听电话岂不残忍?昨晚医院又有急诊，已经弄得三更半夜才回家。"他还在睡觉，你过两小时再打来好吗?"她干脆地说，立即想挂断电话。

"喂喂，"对方急了，声音竟微微发颤，"对不起，抱歉极了，但是，我有急事找他，我姓杜……"

"你是他的病人吗?"

"不，不是我，是我的女儿。请你……请你让夏大夫听电话好吗?"对方的声音里已充满了焦灼。

哦，原来是她的小孩害了急病，天下的母亲都一个样子!夏初蕾的同情心已掩盖了她的不满和不快。

"好的，杜太太，我去叫他。"她迅速地说，"你等一等!"

把听筒放在桌上，她敏捷而轻快地奔上楼梯，直奔父母的卧房，也没敲门，她就扭开门钮，一面推门进去，一面大声地嚷嚷着:

"爸，有个杜太太要你听电话，说她的小孩得了急病，你……"

她的声音陡地停了，因为，她一眼看到，父亲正拥抱着母亲呢!父亲的头和母亲的紧偎在一起。天哪!原来到他们那个年纪，照样亲热得厉害呢!她不敢细看，慌忙退出室外，砰的一声关上门，在门外直着喉咙喊:

"你们亲热完了叫我一声！"

念苹推开了她的丈夫，从床上坐了起来，望着夏寒山，轻蹙着眉梢，微带着不满和尴尬，她低低地说：

"跟你说不要闹，不要闹，你就是不听！你看，给她撞到了，多没意思！"

"女儿撞到父母亲亲热，并没有什么可羞的！"夏寒山说，有些萧索，有些落寞，有些失望。他下意识地打量着念苹，奇怪结婚二十余年了，她每日清晨，仍然新鲜得像刚挤出来的牛奶。四十岁了，她依旧美丽。成熟，恬静，美丽。有某种心痛的感觉，从他内心深处划过去，他瞅着她，不自禁地问了一句："你知道我们有多久没有亲热过了？"

"你忙嘛！"念苹逃避似的说，"你整天忙着看病出诊，不到三更半夜，不会回家，回了家，又累得什么似的……"

"这么说，还是我冷落了你？"寒山微憋着气问。

"怎么了？"念苹注视着他，"你不是存心要找麻烦吧？老夫老妻了，难道你……"她的话被门外初蕾的大叫大嚷声打断了：

"喂喂，你们还要亲热多久？那个姓杜的女人说啊，她的女儿快死了！"姓杜的女人？夏寒山忽然像被蜜蜂蜇了一下似的，他微微一跳，笑容从他的唇边隐去。他站起身来，披上晨褛，打开了房门，他在女儿那锐利而调侃的注视下，走出了房间。初蕾笑吟吟地望着他，眼珠骨碌碌地打着转。

"对不起，爸。"初蕾笑得调皮，"不是我要打断你们，是那个姓杜的女人！"

姓杜的女人！不知怎的，夏寒山心中一凛，脸色就莫名其妙地变了。他迅速地走下楼梯，几乎想逃避初蕾的眼光。他走到茶几边，拿起听筒。

初蕾的心在欢唱，撞见父母亲的亲热镜头使她开心，尤其在这个早晨，在她胸怀中充满闪耀的光点的这个时候，父母的恩爱似乎也是光点中的一点，大大的一点。她嘴中轻哼着歌，绕到夏寒山的背后，她注视着父亲的背影。四十五岁的夏寒山仍然维持着挺拔的身材，他没发胖，腰杆挺得很直，背脊的弧线相当"标准"，他真帅！初蕾想着，他看起来永远只像三十岁，他没有年轻人的轻浮，也没有中年人的老成。他风趣，幽默，而善解人意。她欢唱的心里充塞着那么多的热情，使她忘形地从背后抱住父亲的腰，把面颊贴在夏寒山那宽阔的背脊上。夏寒山正对着听筒说话：

"又晕倒了？……嗯，受了刺激的原因。你不要想得太严重……好，我懂了。你把我上次开的药先给她吃……不，我恐怕不能赶来……我认为……好，好，我想实在没必要小题大做……好吧，我等下来看看……"

初蕾听着父亲的声音，那声音从胸腔深处发出来，像空谷中的回音在震响。终于，夏寒山挂断了电话，拍了拍初蕾紧抱在自己腰上的手。

"初蕾，"夏寒山的声音里洋溢着宠爱，"你今年已经二十岁了吧？"

"嗯，"初蕾打鼻子里哼着，"你的意思是说，我不该再像小娃娃一样黏着你了。"

"原来你知道我的意思。"夏寒山失笑地说。

初蕾仍然紧抱着寒山的腰，身子打了个转，从父亲背后绕到了他的前面，她个子不矮，只因为寒山太高，她就显得怪娇小的，她仰着脸儿，笑吟吟地望着他，仿佛在欣赏一件有趣的艺术品。"爸，你违背了诺言。"

"什么诺言？"

"你答应过我和妈妈，你在家的时间是我们的，不可以有病人来找你，现在，居然有病人找上门来了。这要是开了例，大家都没好日子过。所以，你告诉那个什么杜太太，以后不许了！"

"呵！"寒山用手捏住初蕾的下巴，"听听你这口气，你不像我女儿，倒像我娘！"

初蕾笑了，把脸往父亲肩窝里埋进去，笑着揉了揉。再抬起头来，她那年轻的脸庞上绽放着光彩。

"爸。"她忽然收住笑，皱紧眉头，正色说，"我发现我的心理有点问题。"

"怎么了？"寒山吓了一跳，望着初蕾那张年轻的、一本正经的脸，"为什么？"

"爸，你看过张爱玲的小说吗？"

"张爱玲？"寒山怔怔地看着女儿，"或者看过，我不记得了。"

"你连张爱玲都不知道，你真没有文化！"初蕾大大不满，嘟起了嘴。

"好吧，"寒山忍耐地问，"张爱玲与你的心理有什么关系？"

"她有一篇短篇小说，题目叫《心经》，你知道不知道？"

"我根本没文化，怎么知道什么'心筋'？其实，心脏没有筋，人身上的筋络都有固定位置，脚上就有筋……"

"爸爸！"初蕾喊，打断了父亲，"你故意跟我胡扯！你用贫嘴来掩饰你的无知，你的孤陋寡闻……"

"嗯哼！"寒山警告地哼了一声，望着女儿，"别顺着嘴说得太高兴，哪有女儿骂爸爸无知的？真不像话！"他捉住了初蕾的手臂，微笑又浮上了他的嘴角，"初蕾，你不是《心经》里的女主角，如果我猜得不错，那女主角爱上了她的父亲！"

"哈！爸爸，原来你看过！"初蕾愕然地瞪大眼睛。

"你呢？你才不爱你的老爸哩，"寒山继续说，笑容在他唇边扩大，"你的问题，是出在梁家两兄弟身上，哥哥也好，弟弟也不错，你不知道该选择谁，又不能两者兼得……"

"噢！"初蕾大叫了一声，放开环抱父亲的手，转身就往楼上冲去，一面冲，一面涨红了脸叫，"我不跟你乱扯了！你毫无根据，只会瞎猜！"

寒山靠在沙发上，抬头望着飞奔而去的女儿，那苗条纤巧的身子像只彩色的蝴蝶，翩翩然地隐没在楼梯深处。他站在那儿，继续望着楼梯，心里有一阵恍惚，好一会儿，他陷入一种深思的状态中，情绪有片刻的迷乱。直到一阵绰缕的衣服声惊动了他，他才发现，不知何时，念苹已从楼梯上顺阶而下，停在他的面前了。

"怎样？跟女儿谈出问题来了？"念苹问。

"哦？"他惊觉了过来，"是的，"他喃喃地说，"这孩子长大了。"

"你今天才发现？"念苹微笑地问。

"不，我早就发现了。"

念苹去到餐厅里，打开冰箱，取出牛奶、牛油和面包，平平静静地说：

"别担心初蕾，她活得充实而快乐。你……"她咽住了要说的话，偷眼看他，他正半倚在沙发上，仍然是一副若有所思的样子。早晨的阳光已从视窗斜射进来，在他面前投下一道金色的、闪亮的光带。她拿出烤面包机，烤着面包，不经心似的说，"你该去梳洗了吧？我给你弄早餐，既然答应去人家家里给孩子看病，就早些去吧！免得那母亲担心！"

寒山吃惊似的抬起头来，望着念苹。她那一肩如云般乌黑的头发，披散在背上，薄纱般的睡衣，拦腰系着带子，她依然纤细修长，依然美丽动人。他不自禁地走过去，烤面包的香味弥漫在空气中，却盖不住她发际衣襟上的幽香。他仔细地、深深地凝视她，她迎接着他的目光，也一瞬不瞬地注视着他。他再一次觉得心中掠过一阵痛楚，不由自主地，他伸出手去，把她揽入怀中，他的头轻俯在她的耳边。

"念苹，你有没有想过，我们可以再要一个孩子！"

"什么？"她吃惊地推开他，大睁着眼睛，"你发疯了？怎么突发奇想？初蕾都二十岁了，我也老了，怎么再生孩子？何况，你现在要孩子干吗？"

"我一直喜欢孩子，"寒山微微叹了口气，"初蕾大了，总有一天要离开我们，或者，添一个孩子，会使我们生活中多一些乐趣……"

"你觉得——生活枯燥乏味吗？"她问，语气里带着抹淡淡的悲哀。

"不是枯燥乏味！"他急忙说，"而是刻板。很久以来，我们的生活像一个电钟，每天准确固定地行走，不快不慢地、有条不紊地行走……"

"只要电钟不停摆，你不该再不满足，"她幽幽地打断他，垂下眼睛。她语气中的悲哀加重了，"或者，我们缺少的，不是孩子。二十年的婚姻是条好长好长的路，你是不是走累了？你疲倦了？或者，是厌倦了？我老了……"

"胡说！"他粗声轻叱，"你明知道你还是漂亮！"

"却不再吸引你了！再也没有新鲜感了……"

"别说！"他阻止地低喊，用手压住她的头，下意识地抚摸着她的头发。一时间，他们两个都不说话，只是静静地站着，悄悄地依偎着，室内好安静好安静，阳光洒了一屋子的光点。初蕾从卧室里跑出来了，她已换了一身简单而清爽的服装，红格子的衬衫，黑灯芯绒的长裤，挽着裤管，穿了双半筒的靴子。今天要郊游，要去海边吃烤肉，她拎着一个旅行用的牛仔布口袋，蹦蹦跳跳地跑下楼梯。

蓦然间，她收住脚步，手中的口袋掉到地下，骨碌碌地、磕磕碰碰地滚到楼梯下去了。这声音惊动了寒山夫妇，慌忙彼此分开，抬起头来，初蕾正呆愣愣地站在楼梯上，嘴巴微张着，像看到什么妖怪似的。半晌，她才伸手拍着自己的额，惊天动地般喊了起来："天啊，今天是什么日子？是情人节呢，还是你们的结婚纪念日？"念苹的脸居然涨红了。走到餐桌边，她掩饰似的又拿起两片面包，顾左右而言他：

"初蕾，要吃面包吗？"

"要！当然要！"初蕾笑嘻嘻地跑了过来，浑身洋溢着青春的气息，年轻的脸庞上绽放着光彩，她本身就像一股春风，带着醉人的、春天的韵味。她直奔到母亲旁边，抓起了一片刚烤好的面包。"我马上走，不打扰你们！"她说，对母亲淘气地笑着，"你们像一对新婚夫妇！"她咬了一口面包，看看母亲，又看看父亲，满足地、快活地轻叹了口气。

"幸福原来是这样的！"她口齿不清地叽咕着，走过去捡起自己的手提袋，望着窗子外面。

窗外是一片灿烂的、金色的阳光。

第二章

　　这不是游海的季节，夏天还没开始，春意正浓。海边，风吹在人身上，是寒恻恻而凉飕飕的。夏初蕾却完全不畏寒冷，脱掉了靴子，沿着海边的碎浪，她赤脚而行。浪花忽起忽落，扑打着她的脚背和小腿，溅湿了裤管，也溅湿了衣裳。她的袖子卷得高高的，因为，不时，她会弯腰从海浪里捡起一粒小贝壳，再把它扔得远远的。她的动作，自然而然地带着种舞蹈般的韵律，使她身边的梁致文，不能不用欣赏的眼光注视着她那毫不矫情，却优美轻盈的举动。

　　"我不喜欢文学家，他们都是酸溜溜的。"初蕾说，又从水里捡起一粒贝壳，仔细地审视着。

　　"你认识几个文学家？"梁致文问。

　　"一个也不认识！"

　　"那么，你怎么知道他们是酸溜溜的？"

　　"我猜想的！"初蕾扬了扬眉毛，"而且，自古以来，文学家都是穷光蛋！那个杜老头子，住在茅草棚里，居然连屋顶上的茅草都保不住，给风刮走了，他还追，追不到，他还哭哩！真'糗'！"

"有这种事？"梁致文皱拢了眉毛，思索着，终于忍不住问，"杜老头子是谁呀？"

"鼎鼎大名的杜甫，你都不知道吗？"初蕾大惊小怪地，"亏你还学文学！"

"噢！"梁致文微笑了，"搞了半天，你在谈古人啊！你是说那首'八月秋高风怒号，卷我屋上三重茅'的诗，是吗？"

"是呀，三重茅草卷走就卷走了吧，他还追个什么劲？茅草被顽童抱走了，他还说什么'南村群童欺我老无力，忍能对面为盗贼，公然抱茅入竹去，唇焦舌燥呼不得……'真糗！真糗！这个杜老头啊，又窝囊，又小气！又没风度！许多人都说杜甫的诗好，我就不喜欢。小孩子抱了他的茅草，他就骂人家是盗贼，真糗！真糗！我每次念到这首诗就生气！你瞧人家李老头，作诗多有气魄，'君不见黄河之水天上来，奔流到海不复回！'念起来就舒服。'俱怀逸兴壮思飞，欲上青天揽明月！'够味！豪放极了！'我本楚狂人，凤歌笑孔丘！'棒透了！我喜欢李老头，讨厌杜老头！"

梁致文侧过头来看着她，落日的余晖正照射在她身上脸上，把她浑身都涂上了一抹金黄。她浓眉大眼，满头被风吹得乱糟糟的头发，面颊红红的，嘴唇轻快地嚅动着，那一大段话像倒水般倾了出来，流畅得像瀑布的宣泄。他看呆了。

夏初蕾扔掉了手里的贝壳，弯腰再拾了一枚。站直身子，她接触到他的眼光，他的眼睛深邃而闪亮。每当她接触到他的眼光，她就不由自主地心跳。她总觉得梁致文五官中最特殊的就是这对眼睛。它们像两口深幽的井，你永远不知道井底藏着什么，却本能地体会到那里面除了生命的源泉外，还有更丰富更丰富的宝藏。从认识梁家兄妹以来，初蕾就被这对眼睛所迷惑、所吸引。现在，她又感受到那种令她心跳的力量。

"你盯着我干吗？"她瞪着眼睛问。为了掩饰她内心深处的波动，她的语气里带着挑衅的味道，"我明白，你不同意我的看法，你们学文的，都推崇杜甫！你心里准在骂我什么都不懂，还在这儿大发谬论！"

"不。"梁致文紧盯着她，眉尖眼底，布满了某种诚挚的、深沉的温存。这温存又使她心跳。"我在想，你是个很奇怪的女孩。"

"为什么？"

"你整天嘻嘻哈哈的，蹦蹦跳跳的，像个什么都不懂的小孩子，可是，你能把李白和杜甫的诗倒背如流。"

"哈！"初蕾的脸蓦然涨红了，"这有什么稀奇！你忘了我妈是学中国文学的，我还没学认字，就先跟着我妈背《唐诗三百首》，爸的事业越发达，我的诗就背得越多。"

"怎么呢？"

"爸爸总不在家，妈妈用教我背诗作为消遣呀！"

"即使如此，你还是不简单！"梁致文的眼光更温存了，更深邃了，温存得像那轻涌上来、拥抱着她的脚的海浪。"初蕾……"他低沉地说，"你知道？你是我认识的女孩子里，最有深度……"

"哇！"初蕾大叫，慌忙用双手遮住耳朵，脸红得像天边如火的夕阳。她忙不迭地、语无伦次地喊，"你千万别说我有深度，我听了浑身的鸡皮疙瘩都会起来。你别受我骗，我最会胡吹乱盖，今天跟你谈李老头杜老头，明天跟你谈海老头哈老头……"

"海老头哈老头又是什么？"梁致文好奇地问。

"海明威和哈代！"初蕾叫着说，"知道几个中外文学家的名字也够不上谈深度，我最讨厌附庸风雅卖弄学问的那种人，你千万别把我归于那一类，那会把我羞死气死！我是想到哪儿说到哪儿，我的深度只有一张纸那么厚！我爸说得对，我永远是个疯丫头，怎么训练都当不成淑女……"

"谁要当淑女？"一个浑厚的声音鲁莽地插了进来。在初蕾还没弄清楚说话的是谁时，梁致中已一阵风般从她身边卷过去，直奔向前面沙滩上一块凸出的岩石。初蕾站定了，另一个高大的影子又从她身边掠过去，直追向梁致中，是那个傻小子赵震亚！这一追一跑的影子吸引了初蕾的注意力，她大叫着说："你们在干什么？"

"比赛谁先爬到岩石顶上！"梁致中头也不回地喊。

初蕾的兴趣大发，卷了卷裤脚，她喊着：

"我也要参加！"

"女孩子不许参加！"梁致中嚷，"摔了跤没人扶你！"

"谁会摔跤？谁要你扶？"初蕾气呼呼地，"我说要参加就是要参加！而且要赢你们！"

放开了脚步，她也向那岩石直奔而去。

梁致文呆立在那儿，愣愣地看着初蕾那奔跑着的身影。她的腿匀称而修长，轻快地踏着海水狂奔。她的衬衫早已从长裤里面拉了出来，被风鼓动得像旗子。她那短短的头发在海风中飞扬，身子灵活得像一只羚羊。

初蕾已快追上赵震亚了，她在后面大叫：

"赵震亚！"

"干什么？"赵震亚一边跑，一边气喘吁吁地问。他那大头大身子，使他奔跑的动作极为笨拙。

"致秀在叫你！"初蕾嚷着。

"叫我做什么？"赵震亚的脚步缓了下来。

"她有话要对你说！"

"什么话？"赵震亚的脚步更慢了。

"谁知道她有什么知心话要对你说！"初蕾追上了他，大声地嚷着，"你再不去，当心她生气！"

"是！"那傻小子停住了脚步，慌忙转过身子往回就跑。

初蕾笑弯了腰，边笑边喘，她继续向梁致中追去。致中可不像赵震亚那样好追，他结实粗壮而灵活，长长的腿，每跨一步就有她三步的距离，她眼看追不上，又依样画葫芦，如法炮制，大叫着：

"梁致中！"

梁致中已跑到岩石下面，对初蕾的呼唤，他竟充耳不闻，手脚并用，他像猿猴般在那岩石上攀爬。初蕾急了，放开喉咙再喊：

"致中！梁致中！等我一下！"

"鬼才会等你！"致中嚷了回来。

"不等就不等！"初蕾咬牙喊，"你看看我追得上你追不上！"

"哈！"致中大笑，"你要追我吗？我梁致中别的运气不好，就是桃花运最好，走到哪儿都有女孩子追！"

"梁致中，你在胡说些什么？"初蕾恨恨地喊。

"我胡说吗？是你亲口说要追我呀！"

"贫嘴！你臭美！"

"我不臭美，是你不害臊！"

"要死！"初蕾冒火地叫，身子继续往前冲，冷不防，她的脚碰到了一块水边的浮木，身子顿时站不稳，她发出一声尖叫：

"哎哟！糟糕！"

刚喊完，她整个身子就摔倒在沙滩上了。沙滩边一阵混乱。初蕾躺在地上，一时间，竟站不起来，只是咬着牙哼哼。梁致文、梁致秀和赵震亚都向她奔过去，围在她的身边。梁致秀蹲下身子，用手抱住她的头，急切地问：

"怎么了，初蕾？摔伤了哪儿？"

初蕾往上看，赵震亚傻傻地瞪着她，一副大祸临头的样子。梁致文微蹙着眉头，眼睛里盛满了关切与怜惜。梁致秀是又焦灼又关心，不住口地问着：

"到底怎样？伤了哪儿？"

"致秀，"致文蹲下身子，"你检查她的头，我检查她的腿。"

初蕾慌忙把腿往上缩了缩，嘴里大声地呻吟，要命，那该死的梁致中居然不过来！她悄悄地对致秀眨了眨眼睛，嘴里的呻吟声就更夸张了：

"致秀，哎哟……我猜我的腿断了！哎哟……我想我要晕倒了。哎哟……哎哟……"

致秀的眼珠转了转，猛然间醒悟过来了。原来这鬼丫头在装假，想用诱兵之计！她想笑，圆圆的脸蛋上就涌上了两个小酒窝。她偷眼看她的大哥梁致文，他的脸色因关切而发白了。她再偷眼去看她的二哥梁致中：天哪！那家伙竟然已经高踞在岩石的顶端，坐在那儿，正从裤子口袋里取出口琴，毫不动心地吹奏起口琴来了。

初蕾的"哎哟"声还没完，就听到致中的口琴声了，她怔了怔，一骨碌从地上爬起来，抬头一看，梁致中正高高地坐在那儿，笑嘻嘻地望着他们，好整以暇地吹奏着《桑塔·露琪亚》。她这一怒非同小可，跺了一下脚，她咬牙切齿地骂了一句：

"混蛋！"

就拔腿又向岩石的方向跑去。她这一跑，赵震亚可傻了眼了，他直着眼睛说：

"她不是腿断了吗？"

"她的腿才没断，"致秀笑着瞪了赵震亚一眼，"是你太驴了！"

致文低下头去，无意识地用脚踢着沙子，他发现了那绊倒初蕾的浮木，是一个老树根。他弯腰拾起了那个树根，树根上缠绕着海草和绿苔，他慢腾腾地用手剥着那些海草，似乎想把它弄干净。致秀悄悄地看了他一眼，低声自言自语：

"看样子，她没吓着要吓的人，却吓着了别人！"

"你在说什么？"赵震亚傻呵呵地问。

"没说什么！"致秀很快地说，笑着，"你们两个，赶快去帮我生火，我们烤肉吃！"

在岩石上，致中的《桑塔·露琪亚》只吹了一半，初蕾已爬上岩石，站在他的面前了。他抬眼看看她，动也没动，仍然自顾自地吹着口琴。初蕾鼓着腮帮子，满脸怒气，大眼睛冒火、狠狠地瞪着他。他迎视着她的目光，那被太阳晒成微褐的脸庞上，有对闪烁发光的眼睛和满不在乎的神情。她眼底的怒气逐渐消除，被一种近乎悲哀的神色所取代了。她在他面前坐了下来，用双手抱住膝，一瞬不瞬地看着他。

他把一支曲子吹完了，放下了口琴。

"你的嘴巴很大。"她忽然说，"丑极了。"

"嗯。"他哼了哼，"适合接吻。"

"不要脸。你怎么不说适合吹口琴？"

他耸耸肩。

"我接吻的技术比吹口琴好，要不要试一试！"

"你做梦！"

他再耸耸肩。

"你的眉毛太浓了，眼睛也不够大，"她继续说，"有没有人告诉过你，你没有致文漂亮？"

他又耸肩。"是吗？"他问，满不在乎。拿起口琴，他放到唇边去，刚吹了两个音，初蕾劈手就把口琴夺了过去，恨恨地嚷着说：

"不许吹口琴！"

"你管我！"他捉住了她的胳膊，命令地说，"还给我！拿来！"

"不！"她固执地、大大的眼睛在他的眼前闪亮。他们对峙着，他抓紧了她的胳膊，两人的脸相距不到一尺，彼此的呼吸热热地吹在对方的脸上。夕阳最后的一线光芒，在她的鼻梁和下颌镶上了一道金边。她的眼珠定定地停在他脸上，他锁着眉，眼光锐利，有些狰狞，有些野气。她轻嘘一声，低低地问：

"你怎么知道我摔跤是假的？"

"谁说我知道？"他答得狡狯。

"噢！"她凝视他，似乎想看进他内心深处去，"你这个人是铁打的吗？是泥巴雕的吗？你一点怜香惜玉的心都没有吗？"

"你不是香，也不是玉。"他微笑了起来。

"说得好听一点不行吗？"她打鼻子里哼着，也微笑起来。

"我这人说话从来就不好听，跟我的长相一样，丑极了。你如果要听好听的，应该去和致文谈话。"

她的眼睛中立刻闪过了一抹光芒，眉毛不自禁地就往上挑了挑。

"噢！好酸！"她笑着说，"我几乎以为你在和致文吃醋！"

他放开抓住她的手，斜睨着她。

"你希望我吃醋吗？你又错了！"他笑得邪门，"你高估了自己的力量！"

"你——"她为之气结，伸出手去，她对着他的胸口就重重一推。

"哎呀！"他大叫，那岩石上凹凸不平，他又站在一块棱角上，被这么用力一推，他就从棱角上滑下来，身子直栽到岩石上去。背脊在另一块凸出的石头上一撞，他就倒在石块上，一动也不动了。

"致中！"初蕾尖叫，吓得脸都白了，她扑过去，伏在他身边，颤声喊，"致中！致中！致中！你怎样？你怎样？我不是成心的，我不是故意的，我……"她咬紧嘴唇，几乎快要哭出来了。

他打地上一跃而起，弯腰大笑。

"哈哈！我摔跤显然比你摔跤有分量……"

"你……你……你……"初蕾这一下真的气坏了，她的脸孔雪白，眼珠乌黑，嘴唇发抖，气得连话都说不出来。她瞪了他几秒钟，然后一甩头，回身就走，走了两步，才想起手中的口琴，她重重地把琴往石头上砸去，就三步两步地跳下了岩石，大踏步地走开了。

太阳早已沉进了海底。致秀他们已生起了营火，在火上架着铁架，一串串的肉挂在铁架上，肉香弥漫在整个海边。

初蕾慢腾腾地走了过来，慢腾腾地在火边坐下，慢腾腾地弓起膝，用手托着腮帮子，对着那营火发怔。

致文仍然在剥着那大树根上的青苔和海藻，他脸上有某种深思的、专注的神情，似乎在思索着什么问题。

"你知道，杜老头那首'八月秋高风怒号'的诗，主题只在后面那两句：'安得广厦千万间，大庇天下寒士俱欢颜'！后人推崇杜甫，除了他的诗功力深厚之外，他还有悲天悯人的心！"

初蕾怔了怔，歪过头去看致文，她眼底闪烁着一抹惊异的光芒。她的神思还在致中和他的口琴上面，蓦然间被拉回到杜甫的诗上，使她在一时间有些错愕。她瞪着致文，心神不宁。

致文抬起眼睛看了她一眼，淡淡地笑了笑，就又低头去弄那树根，那树根是个球状的多结的圆形，沉甸甸而厚笃笃的。

"我想，"他从容地说，"你已经忘记我们刚刚谈的话题了。"

"哦，"初蕾回过神来，"没有，只是……杜老头离我们已经太远了。"她望向海，海面波涛起伏，暮色中闪烁着点点粼光。沙滩是绵亘无垠的，海风里带着浓浓的凉意，暮色里带着深幽的苍茫。致中正踏着暮色，大踏步地走来。初蕾把下巴放在膝上，虚眯着眼睛无意识地望着那走来的致中。

致文不经心地抬了抬头。

"无论你的梦有多么圆，"他忽然说，"周围是黑暗而没有边。"

她立即回头望着致文，眼睛闪亮。

"谁的句子？"她问。

"不太远的人，徐志摩。"他微笑着。

她挑起眉毛，毫不掩饰她的惊叹和折服。

"你知不知道，致文？你太博学，常常让人觉得自己在你面前很渺小。"

他的脸涨红了。

"你知不知道，初蕾？"他学着她的语气，"你太坦率，常常让人觉得在你面前很尴尬！"

她笑了，"为什么？"

"好像我有意在卖弄。"

她盯着他，眼光深挚而锐利。

"你是吗？"她问。

"是什么？"他不解地问。

"卖弄。"

他的眼睛里闪过一抹狼狈。

"是的。"他坦白地说，"有一些。"

她微笑起来，眼光又深沉又温柔，带着种醉人的温馨。她喃喃地念着：

"无论你的梦有多么圆，周围是黑暗而没有边。"她深思，摇摇头，"不好，我不喜欢，太消极了。对我而言，情况正好相反。"

"怎么说？"

"无论你的梦多么不圆，周围都灿烂地镶上了金边。"她

22

朗声说，"这才是我的梦。"

她的眼睛闪亮，脸发着光。

"说得好！"他由衷地赞叹着，"初蕾，"他叹口气，"你实在才思敏捷！"

"哇！"她怪叫，笑着，"你又来了！你瞧，你把我的鸡皮疙瘩又撩起来了！"她真的伸着胳膊给他看。

他也笑了，用手握了握她伸过来的手。

"你是冷了！"他简单明了地说，"你的手都冻得冰冰凉了。"他脱下自己的外衣，披在她的肩上，那外衣带着他的体温，把她温软地包围住了。她有种奇异的松懈与懒散，觉得自己像浸在一池温暖的水中，沐浴在月光及星空之下，周围的一切，都神奇而灿烂地"镶上了金边"。

致中早已走过来好一会了，他冷冷地看着这一切。看着他们两个有问有答，又看着致秀和赵震亚手忙脚乱地忙着烤肉、穿肉、撒作料……他重重地就在火边坐下，带着点捣蛋性质，伸手去抓火上的肉串，嘴里大嚷大叫着：

"哈！好香，我饿得可以吃下一头牛！"

"还不能吃！"致秀喊，"肉还没烤熟呢！"她夺下致中手里的肉串，挂回到架子上。

致中往后一仰，四仰八叉地躺在沙滩上，拿着口琴，送到嘴边去试音。那口琴已摔坏了，吹不成曲调，只发出嗡嗡的声响，致中喃喃地诅咒：

"他妈的！"

赵震亚听了半天，发出一句评语：

"你吹得很难听！"

致中抛下口琴，对赵震亚翻了翻白眼：

"人丑，话不会说，连口琴都吹得难听，这就是我，懂了吗？"

致秀看看二哥，再回头看看大哥。初蕾小巧的身子，懒洋洋地靠在致文身上，脸上有甜得醉人的微笑，致文的一只手，随随便便地揽着初蕾的腰。他身子前面，放着那个他好不容易弄干净了的圆形大树根。

"这是什么？"初蕾问，用手摸索那树根，仰脸看致文，她的发丝拂在他的面颊上。对于致中的吼叫，她似乎完全没有听到。

致文拿起树根，举给初蕾看：

"像不像一个女人头？"他问，"像不像你？"

初蕾愕然，她仔细地看那树根。

"是的，像个人头，不过……"她小心翼翼地说，"我不会这么丑吧？"

致文失声大笑了。很少听到致文大笑的致秀，禁不住愣了愣。致中回头看了那树根一眼，轻哼了一声，眼睛望着天空，自言自语：

"木头比人好看！它不会东倒西歪！"

初蕾吃惊似的回眼去看致中，挑起了眉毛，她似乎要发作，她的眼睛瞪圆了，脸色变了，致秀慌忙拍了拍手，大叫：

"肉熟了！肉熟了！要吃烤肉的统统过来！"

初蕾的注意力被肉串吸引住了，顿时，只感到饥肠辘辘。

她咽着口水，贪馋地望着肉串，大家都向营火围了过去，火光映红了每一个人的脸。

夜色来了。

第
三
章

　　夜已经很深很深了。杜慕裳坐在女儿的床沿上，愀然地、怜惜地、心疼地望着那平躺在床上的雨婷。那么瘦，那么苍白，那么恹恹然了无生气，又那么可怜兮兮的。她躺在那儿，大睁着一对无助的眼睛静静地瞅着慕裳。这眼光把慕裳的五脏六腑都撕碎了。她伸手摸着女儿的下巴，那下巴又小又尖，脆弱得像水晶玻璃的制品。是的，雨婷从小就像个水晶玻璃塑成的艺术品，玲珑剔透，光洁美丽，却经不起丝毫的碰撞，随时随地，她似乎都可以裂成碎片。这想法绞痛了她的心脏，她轻抽了一口冷气，抬头望着床对面的夏寒山。

　　夏寒山正拿着一管好粗好粗的针药，在给雨婷做静脉注射。雨婷的袖管捋到肩头，她那又细又瘦的胳膊似乎并不比针管粗多少，白皙的手臂上，青筋脉络都清晰可见。寒山找着了血管，把针尖直刺进去，杜慕裳慌忙调开视线，紧蹙起眉头。她的眼光和女儿的相遇了，雨婷眉尖轻耸了一下，强忍下了那针刺的痛楚，她竟对母亲挤出一个虚弱而歉然的微笑。

"妈妈，"她委婉而温柔地喊，伸手抚摸母亲的手，"对不起，我让你操了太多心。"

"怎么这样说呢？"杜慕裳慌忙说，觉得有股热浪直往眼眶里冲，"生病是不得已的事呀！"

"唉，"雨婷幽然长叹，"妈，你别太疼我，我真怕有一天……"

"雨婷！"慕裳轻喊，迅速地把手盖在雨婷的唇上，眼眶立即湿了。她努力不让泪水涌出来，努力想说一点安慰女儿的话。可是，迎视着雨婷那悲哀而柔顺的眼光，她却觉得一句话都说不出来。只能用牙齿咬紧了嘴唇，来遏制心中的那种恐惧和惨痛。

寒山注射完了，抽出了针头，他用药棉在雨婷手腕上揉着，一面揉，他一面审视着雨婷的气色，对雨婷鼓励地笑了笑，说：

"你会慢慢好起来的，雨婷。但是，首先你要对自己充满信心。"

雨婷望着寒山，她的眼光谦和而顺从，轻叹了一声，她像个听话的孩子：

"我知道，夏大夫。我真谢谢您，这样一次又一次麻烦您来我家，我实在抱歉极了。"

"你不要对每个人抱歉吧，雨婷，"杜慕裳说，拉起棉被，盖在她下颌下面，"这又不是你的错。"

"总之——是为了我。"雨婷低语。

寒山收拾好他的医药箱，站起身来。

"好了，"他说，"按时吃药，保持快乐的心情，我过两天再来看你，希望过两天，你已经又能弹琴唱歌了。好吗？"

"好！"雨婷点头，对寒山微笑，那微笑又虚弱，又纯挚，又充满了楚楚可怜的韵味，"您放心，夏大夫，我一定会'努力'好起来。"

寒山点点头，往卧室外面走去。杜慕裳跟了两步，雨婷在床上用祈求的眼光看她，低唤了一声：

"妈！"

慕裳身不由己地站住了，对寒山说：

"你先在客厅坐一下，我马上就来！"

"好！"

寒山退出了卧室。慕裳又折回到床边，望着女儿。雨婷静静地看着她，那玲珑剔透的眸子似乎在清楚地诉说着：别骗我！妈！我活不了多久了。蓦然间，她心头大痛，坐在床旁，雨婷一下子就跳起来，用双手紧紧地搂住了母亲的脖子，她那细弱的胳膊把慕裳紧箍着，她的面颊依偎着她，在慕裳耳边悲切地低语：

"妈，我不要离开你，我不要！如果我走了，谁再能陪伴你，谁唱歌给你听？"

"噢！"慕裳悲呼，泪水再也控制不住，夺眶而出了，"雨婷，不要这样说，不会的，绝不会！夏大夫已经答应了我们，他会治好你！"

雨婷躺回到床上，她的眼光清亮如水。

"妈妈，"她柔声说，"你和我都知道，夏大夫是个好医生，可是，他并不是上帝。"

"不！"慕裳用手遮住了眼睛，无助地低语，"不！他会治好你，他答应过的，他会，他答应过的！"

雨婷把头转向了一边，发出了一声悠长的叹息。

"可怜的妈妈！"她耳语般地说了句。

成串的泪珠从慕裳眼里滚了出来，可怜的妈妈！那孩子心中从没有自己，每次生病，她咬住牙忍住疼痛，只是用歉然的眼光看她。可怜的妈妈！她那善良的、柔顺的心中，只有她那可怜的妈妈！她不可怜自己，她不感怀自伤，在被病魔一连串折磨的岁月里，她那纯洁的心灵中，只有她的母亲！她用手背拭去泪痕，再看雨婷，她合着眼睛，长睫毛细细地垂着，似乎睡着了。她在床边再默立了片刻，听着雨婷那并不均匀的呼吸声，她觉得那孩子几乎连呼吸都不胜负荷，这感觉更深更尖锐地刺痛了她。俯下头去，她在雨婷额上，轻轻地印下一吻，那孩子微微地翻了个身，嘴里在喃喃呓语：

"妈，我陪你……你不要哭，我陪你……"

慕裳闭了闭眼睛，牙齿紧咬着下嘴唇。片刻，她才能平定自己的情绪，轻轻地站起身来，轻轻地走到窗前，她轻轻地关上窗子，又轻轻地放下窗帘，再轻轻地走到门边。对雨婷再投去一个依恋的注视，她终于轻轻地走出了房间。

夏寒山正在客厅中踱来踱去，手里燃着一支烟，他微锁着眉，一副心事重重的样子，他喷着烟雾，似乎被某个难题深深地困扰着。

杜慕裳走近了他。

他站定了，他的眼光锐利地注视着她，这对眼睛是严厉的，是洞察一切的。

"你哭过了。"他说。

她用哀愁的眼光看他，想着雨婷的话：妈妈，你和我都知道，夏大夫是个好医生，但是，他并不是上帝。她眨动眼帘，深深地凝视他，挺了挺背脊，她坚强地昂起下巴，哑声说：

"告诉我实话，她还能活多久？"

他在身边的烟灰缸里熄灭了烟蒂，凝视着她。她并不比念苹年轻，也不见得比念苹美丽，他模糊地想着。可是，她那挺直的背脊，那微微上扬的下巴，那哀愁而动人的眼睛，以及那种把命运放在他手中似的依赖，和努力想维持自己坚强的那种神气……在在都构成一种莫名其妙的、强大的引力，把他给牢牢地吸住了。一个受难的母亲，一个孤独的女人，一个可怜的灵魂，一个勇敢的生命……他想得出神了。

他的沉默使她心惊肉跳，不祥的预感从头到脚地包围住了她。她的声音簌簌发抖：

"那么，我猜想的是真的了？"她问，"你一直在安慰我，一直在骗我了？事实上，她是活不久了，是吗？"她咬紧牙关，从齿缝中说，"告诉我实话，我一生，什么打击都受过了，我挺得住！可是，你必须告诉我实话！"

他紧盯着她。

"你不信任我?"他终于开了口,"我说过,我会治好她!"

她目不转睛地看着他。他说得多坚决,多有分量,多有把握!上帝的声音,也不过如此了。她眼中又浮起了泪痕,透过泪雾,他那坚定的面庞似乎是个发光体,上帝的脸,也不过如此了。她几乎想屈膝跪下去,想谦卑地跪下去……

他忽然捉住了她的手。他的手温暖而有力,上帝的手,也不过如此了。

"过来!"他命令地说,把她拉到沙发前面,"坐下!"他简短地说。

她被动地坐在沙发里,被动地望着他。

他把自己的医药箱拿了过来,放在咖啡桌上,他打开医药箱,从里面取出一大沓 X 光的照片,又取出了一大沓的病历资料和检验报告。他把这些东西摊开在桌面上,回头望着她,清晰地、坚定地、强有力地说:

"让我明白地告诉你,我已经把雨婷历年来的病历都调出来了,检查报告也调出来了,从台大医院到中心诊所,她一共看过十二家医院,从六岁病到现在,也整整病了十二年。平均起来,刚好一年一家医院!"

"唉!"慕裳轻吁了一声,"我从没有统计过,这孩子,她从小就和医院结了不解之缘。"

"她的病名,从各医院的诊断看来,是形形色色,统计起来,大致有贫血、消化不良、轻微的心脏衰弱,一度患过肝炎,肝功能略差,以及严重的营养不良症。"

"我……我什么补药都买给她吃,每天鸡汤猪肝汤就没断过，我真不知道她怎么会营养不良。"慕裳无助地说，"以前的周大夫，说她基本体质就有问题，说她无法吸收。无法吸收，是很严重的，对吗？"

夏寒山定定地看着她。

"如果不吃，是怎样都无法吸收的。"他一个字一个字地说。

"不吃？"慕裳惊愕地抬起眼睑，"你是什么意思？你以为我没有做给她吃吗？"

"你做了，她不一定吃了！"

慕裳的眼睛睁得更大了。

"我不懂。"她困惑地说。

"让我们从头回忆一下，好不好？"他的眼光停在她的面庞上，"她第一次发病是六岁那年，病情和现在就差不多，突发性的休克，换言之，是突然晕倒。晕倒那天，你们母女间，是不是发生了什么事？"

她的眼珠转了转，然后，就有一层淡淡的红晕，浮上了她的面颊。

"是的，"她低声说，"那是她父亲去世后，我第一次想到再嫁。有位同事，和我一起在大使馆中当翻译，追求我追求得很厉害……"她咽住了，用手托着头，陷入某种回忆中，她的眼睛浮起一层朦朦胧胧的雾气，唇角有一丝细腻的温柔。不知怎的，这神情竟微微地刺痛了他。他轻咳了一声，提醒地说：

"显然，这婚事因为雨婷的生病而中止了？"

"是的。"她回过神来，"那年她病得很凶，住院就住了好几次，我每天陪她去医院，几乎连上班都不能上，那婚事……也就不了了之了。后来，那同事去了美国，现在已经儿女成群了。"

"好，从那次以后，她就开始生病，三天两头晕倒，而医院却查不出正确的病名。"

"是的。"

夏寒山不再说话，只是镇静地看着她。于是，她有些明白了，她迎视着他的目光，思索着，回忆着，分析着。终于，她慢慢地摇头。

"你在暗示……她的病不是生理上的，而是心理上的！"她说了出来。

"我没有暗示，"夏寒山坚定地说，"我在明示！"

"不！不可能！"她猛烈地摇头，"心理病不会让她一天比一天衰弱，你难道没看出来吗？她连呼吸都很困难，她瘦得只剩下了皮包骨，轻得连风都可以把她吹走，而且，她那么苍白，那么憔悴，这些都不是装出来的……"

"我没有说她是装出来的！"夏寒山沉着地说，"她确实苍白，确实憔悴，因为她又贫血又营养不良！她在下意识地慢性自杀，怎么会不憔悴不苍白！"

"慢性自杀？"她惊呆了，睁大了眼睛。她不信任自己的听觉，"你说什么？慢性自杀？她为什么要慢性自杀？她三岁失去父亲，我们母女就相依为命，我又爱她又宠她，她没有什么不满足的事……"

"并不是不满足，而是独占性！"寒山打断了她，"她从六岁起就在剥夺你交男朋友的自由！她在利用你的爱心，达到她独占你的目的，她知道你的弱点，她就利用这项弱点，只要她一天接一天地生病，你就一天接一天地没有自由……"

她的脸色变白了，她的眼神阴暗。

"你……你……"她开始有些激动，"你根本没弄清楚！这样说是冷酷的！你不了解雨婷！她从小就没有自我，她一心一意要我快乐，每次生病，她都对我说：对不起，妈妈。我好抱歉，妈妈……"

"我知道！我亲耳听过几百次了！"他又打断了她，沉声地，坚定地，几乎是冷酷地说了下去，"她越这样说，你越心痛，只要你越心痛，你就越离不开她！我曾经有个女病人，也用这种方式来控制她的丈夫，只要丈夫回家晚三分钟，她就害病晕倒。我告诉你，你必须面对现实，雨婷最严重的病，不在身体上，而在心理上。她在折磨你，甚至于，在享受你的痛苦，享受你的眼泪，记住，她做这一切是出于不自觉的，她并不是故意去做，而是不知不觉地去做……"

"不是！"她叫了起来，无法控制自己的情绪，她眼睛里涌满了泪水，"你这样说太残忍，太冷酷，太无情！你在指责她是个自私自利而阴险的坏孩子！但是，她不是！她又乖巧又听话，她一切都为别人想，她纯洁得像一张白纸，善良得像一只小白兔！她没有心机，没有城府，她是个又孝顺又听话又善解人意的女孩！你这样说，只因为你查不出她的病源，你无能，你不是好医生，你们医生都一样，当你查不出病源的时候，你们就说她是精神病！"

夏寒山站在那儿，他静静地望着她，静静地听着她激动的、带泪的责备。他没有为自己辩护，也没为自己解释，当慕裳说他"无能"的时候，他只轻微地悸动了一下。然后，他慢慢地走到咖啡桌边，把摊在桌上的病情资料和 X 光照片收进医药箱里去。慕裳喊完了，自己也被自己激烈的语气吓住了，她呆坐在那儿，呆望着他收拾东西，眼看他把每一样东西都收进箱子里，眼看他把医药箱合了起来，眼看他拎起箱子，眼看他走向门口……她爆发地大叫了一声：

"你要到哪里去？"

他站住了，回过头来，他的眼神温柔而同情，他的声音里没有丝毫火气，却充塞着一种深切的关怀与怜恤，他低沉地说：

"放心，我会治好她！"

她陡然间崩溃了。她奔向了他，站在他面前，大大的眼睛里，盛满了悲凉与无助，盛满了祈求与歉意，她嚅动着嘴唇，呻吟般地低语：

"我昏了，我不知道在说些什么！"

他注视着那张茫然失措的脸，忧患、寂寞、孤独、无助、祈谅、哀恳……都明写在那张脸上。他又感到那种强烈吸引他的力量，不可抗拒般的力量。然后，他不知不觉地放下了医药箱，不知不觉地伸出手去，不知不觉地把她拉进了怀里，不知不觉地拥住了她，又不知不觉地把嘴唇盖在她的唇上。

片刻，他抬起头来，她的眼睛水汪汪地闪着光。她显然有些迷惑，有些惊悸，像冬眠的昆虫突然被春风吹醒，似乎不知道该如何来迎接这新的世界。可是，崭新的、春的气息，已窜入她生命的底层，掀起一阵无法平息的涟漪。她喘息地、惶惑地凝视着他，低问了一句：

"为什么这样做？"

"不知道。"他答得坦率，似乎和她同样惶惑，"很久以来，就想这样做。"

"为什么？"她固执地问。

"你像被冰冻着的春天。"他低语。

冰冻着的春天，骤然间，这句相当抽象的话却一下打入她的心灵深处，这才醒悟自己虚掷了多少岁月！她扬着睫毛，一瞬不瞬地望着面前这个男人，不，这个医生，他不只在医治病患，他也想挽住春天？忽然间，她有种朝圣者经过长途跋涉，终于走到圣庙前的感觉；只想倒下来，倒下来什么都不顾。因为，圣庙在那儿，她的神祇可以为她遮蔽一切苦难，带来早已绝缘的幸福和春天！

她低下头，把前额靠在他的肩上，那是个宽阔的肩头。他的手仍然环抱着她的腰。

"请你——治好她。"她低语。

"不只治好她，也要治好你。"他也低语。

"治好我？"

"她病在要独占你，你病在要被独占。人生很多事情都是这样的因果关系，一个愿打，一个愿挨。你给了她太多的注意力，如果要治她，先要治你。假若你不那么注意雨婷，你会发现这世界上除了雨婷之外，还有很多其他的事物。对雨婷而言，也是一样，她不能终身仰赖母亲，她还有一段很漫长的人生。"

"很漫长的人生？"她玩味着这几个字，欣喜的感觉随着这几个字，流进了她的血液，在她周身回转着。很漫长的人生，她不会死，她不会死，她要活到一百岁！抬起头来，她注视着他那男性的、充满了温柔与力量的脸，谁说他仅仅是个医生而不是上帝？谁说的？

她更加地靠紧了他，心中充塞的，并非单纯的男女之情，更多的，是属于信徒对神的奉献、仰赖与崇拜。

第四章

　　夏季来临的时候，阳光更加灿烂了，几乎天天都是大晴天，校园里，杜鹃花刚刚凋零，茉莉花的香味就浮荡在空气中了。这天早上，夏初蕾在校园的一角，发现一棵少见的石榴树，居然在树上找到一朵早开的石榴花，她就像哥伦布发现新大陆似的，拉着梁致秀来欣赏，高兴得手舞足蹈。致秀看她那神采飞扬的样子，看她那嫣红的面颊，和那对使无数男同学倾倒的眼睛，心里就不能不微微惊叹。从小，自己也被亲友们赞美"是个美人坯子"。可是，站在初蕾面前，她仍然自叹不如。倒不完全是长相问题，除了长相之外，初蕾的一颦一笑、一举手一投足之间，就有那样一种说不出的韵味。无论多夸张的动作，到了她身上都变成了自然。怪不得自己那两个傻哥哥，见了她就都失去了常态！

　　"致秀，"初蕾喊着，"我从不知道石榴花的颜色会这么艳，难怪古人会说，'五月榴花红似火'了！"

"你知道这朵石榴花像什么吗？"致秀问。

"像什么？"

"像你的名字。夏天初生的蓓蕾。"

"噢！"初蕾会过意来，笑得更加开朗了，"真的！夏初蕾，确实有些像。致秀，你这人还相当聪明。"

"够资格当你的小姑子吧？"致秀笑嘻嘻地问。

"小姑子？"初蕾一时脑筋转不过来，"什么叫小姑子？……哎呀，哎呀！"她想明白了，大叫，"你这鬼丫头嘴里就没好话！"

"没好话吗？"致秀灵活的眼珠在她脸上转了一圈，"我觉得，这是句再好也没有的话了。从大一起，我刚认识你，我就对自己说，这个夏初蕾啊，应该当我的嫂嫂，要不然，我那么热心把你往我家里拉啊？那么热心安排郊游啊？一会儿爬山，一会儿游水，一会儿吃烤肉……"

"好哇！原来你跟我好，是有目的的！你这人真真真……真真……"她一连说了五个"真"，却真不下去了，跺了一下脚，她说，"实在气人，偏偏我爸爸妈妈只生我一个，假若我也有哥哥就好了。喂，"她蓦然转变了话题，"你知道我爸为什么给我取名字叫初蕾吗？"

"为什么？"

"爸爸喜欢小孩，他说想生半打，我是第一个，就取名叫初蕾，他预备第二个叫再蕾，第三个叫三蕾，第四个叫四蕾……就这么一路蕾下去！"

"如果生了男孩子也蕾下去呀？"

"不，生了男孩子，就把蕾字上面的草头去掉，用打雷的雷字。"

"想得很好，不过，如果生到第十一个，取名叫夏十一蕾，生到第十二个，叫夏十二蕾，搞不好再有夏十三蕾，夏十八蕾……"

"胡说！"夏初蕾笑弯了腰，"又不是生小猪，哪有这样子生法的！"

"那可说不定，我家隔壁的阿巴桑就生了十一个孩子。"致秀说，把话题扯了回来，"你爸爱孩子，怎么就生了你一个呢？"

"我妈不肯要啊！她生我是难产，差点死掉，她吓坏了，爸爸也吓坏了。而且，我妈爱漂亮，她说生了我，腰粗了两寸，再也不要孩子了。我爸爸爱我妈妈，妈说不要就不要，于是，我这个初蕾，也就成了唯一蕾了。"

"你妈是很漂亮，"致秀说，"跟你站在一起，就像姐妹一样。我妈就不行了，好像比你妈老了一辈似的。不过，生活环境不同，我爸当了一辈子公务员，家里很苦，又有三个孩子……"

"所以，我妈说女人不能生太多孩子啊！"

"你可别说这话！"致秀笑着说，"如果我妈不生三个生到我，我就不会跟你同学，如果我不跟你同学，你嫁给谁去？"

"你在说些什么鬼话呀？"初蕾叫，"你以为我嫁不出去，一定要嫁到你家吗？"

"我没说呀！"致秀赖皮地说，"你别小看我两个哥哥，女孩子倒追他们的多得很呢！我大哥在大学读书的时候，有个女同学暗恋他，为他中途辍学去当了修女！我二哥读高二的时候，就有女孩子写情书给他了。"

　　夏初蕾的兴趣，不知不觉地被勾引了起来，她收住笑，注视着致秀，深思地说：

　　"致秀，你喜欢你二哥，还是喜欢你大哥？"

　　"哈！"致秀笑了，"这正是我一直想问你的话！你怎么反问起我来了？"

　　"哎！"初蕾的脸顿时涨红了，她反身就往教室跑，一面跑，一面叫着说，"我不跟你鬼扯了，还要去上选修的心理学！"

　　"我等你！"致秀在她身后喊，"下了课到我家去，我妈说，她包饺子给你吃！"

　　"我不去！我也不吃！"初蕾边跑边说。

　　"随你便！"致秀笑着嚷，"反正我没课了，我就在这儿等你，下了课你不来，我可就走了！我不是你的男朋友，没耐心多等，你听到没有？"

　　"没听到！"夏初蕾回头笑嘻嘻地大叫了一声，就跑得无影无踪了。

　　致秀目送她的影子消失在那文学院的大楼下，她回过身子来，对那朵石榴花看了半晌。然后，她选择了一块阴凉的树荫，席地而坐。摊开了一本《中国断代史》，她开始看起书来。六月就要期终考了，转眼大三就要过去了。她瞪着书上一页什么"藩镇割据图",却一点也看不进去。她心里在想着初蕾,她和初蕾并不同系,她念的是历史系,初蕾念的是哲学系,但是,她们在大一时,曾经一起上过社会学和经济学的课,两人一见而成知己。不过,她却没料到,初蕾会在她的家庭中,构成一股看不见的暗潮。她想起初蕾的话:

"致秀,你喜欢你二哥,还是喜欢你大哥?"

用手托着下巴,她情不自禁地,就呆呆地出起神来了。她想着大哥致文和二哥致中。致文深沉含蓄,致中豪放不羁。致文对人对事都很认真,致中却有些玩世不恭。喜欢谁?以一个妹妹的立场,实在很难说。她喜欢大哥的沉稳,喜欢二哥的潇洒。可是,如果把自己放在初蕾的立场呢?她微侧着头,静静冥想,禁不住脱口而出:

"我选大哥!"

为什么选大哥呢?初蕾太活了,需要一个让她稳定的力量,也需要一个比她年纪大一些的男人。致文已经二十七岁,致中才二十四。致文温柔细致,懂得体贴女人。致中却还没有定型,整天嘻嘻哈哈的,对女孩子只有三分钟热度。她想到这儿,就再也坐不住了,所有的心思,都飘到大哥身上去了。何况,大哥学文,和初蕾的兴趣接近,致中学工,却完全是另外一个方向。她想着想着,越想心头越热,但是……但是……她蹙起了眉头,但是那要命的大哥呵,做事永远慢半拍!他对初蕾到底有情还是无情呢?为什么至今没展开攻势?是为了二哥吗?可能!致文一向把手足之情,看得比什么都重!

"看样子，"她自言自语，"爱神需要一点助力，这就是有妹妹的好处了！"她猛地从草地跳了起来，说做就做！没时间再犹豫。她直奔向图书馆，那儿有公用电话，打个电话给大哥去！到了图书馆门口，没想到那公用电话前排了一大排人。等不及，她又奔向学生育乐中心，那儿也有人占线。她站在那儿焦急地等着，好不容易才挨到她。她立即拨到致文的办公室，致文在 X 大学当助教。台湾的教育制度，助教是要上班的，但是工作非常轻松，升等却必须做论文。致文大部分的时间都在写论文，因此，他的上班也是形式，偶尔，他也可以溜班。

电话接通了，致秀立即热心地说：

"大哥，可不可以出来？"

"现在吗？干什么？"

"有好事找你。"

"说说看！"

"你到我们学校来，立刻就动身！"

致文沉默了一下。

"干什么？"他狐疑地问。

"你走进校门，就往右拐，通过第一幢建筑，你就可以看到一棵高大的红豆树，在红豆树后面，有一排杜鹃花，杜鹃花旁边，有一棵石榴树，在那棵石榴树前面，有一个人在等你！"

他屏息片刻，"是谁？"他有些明知故问。

"你想是谁？当然是她啦！"

他又迟疑了一会儿，似乎有所顾忌。

"她要你打电话给我的吗，还是你自作主张？"

该死！他还在那儿举棋不定呢！下课钟早就响了，她再也没时间跟他啰唆，她很快地说：

"你别问了，再不来就晚了。我不告诉你是谁叫你来的，只告诉你一句话，爱情是不能谦让的哦，你不要像孔融让梨似的把它给让掉了！"

梁致文似乎窒息了一下，立即，他的声音很快地响了起来：

"我马上就来！"

"越快越好，"她叮嘱着，"别带她回家，带她到郊外去，带她坐咖啡馆去，带她看电影去，都可以。就是不要带回家，知道吗？好了，你快来，我先去绊住她！"

摔下听筒，她转身就往石榴树的方向跑去。

当致秀去打电话的同时，初蕾已经回到了校园里。在那棵石榴树前绕来绕去，她就是找不着致秀的影子。她四面张望，一个人都没有，看看表，她也不过只迟到了五分钟。她咬咬牙，禁不住就骂了句：

"居然说不等就不等！可真神气，她以为我巴不得去她家吃饺子呢！"

她越想越懊恼，掉转身子，气呼呼地就往校门口走。她到校门口，致秀到校园，两人刚好错开。谁知，这一错开，就把致秀所有的计划都错开了。

初蕾走出校门，抱着书本，往公共汽车站走去，刚刚走到车站，就有个年轻人，骑着辆熟悉的摩托车，一下子向她冲了过来。她定睛一看，是梁致中！心里第一个闪过的念头就是：好哇！致秀在捣鬼！怪不得不等我呢！她抬眼望着致中：

"怎么不上班？"

"工厂进机器，今天停工一天！"致中四面张望，"咦，致秀呢，她怎么不跟你在一起？"

还装呢！初蕾撇了撇嘴。

"你怎么知道我在这里？"她问。

"谁说我知道？"他做了个鬼脸，"我碰巧而已！"

"哼！"她轻哼着，背转身子。

"喂，坐到我后面来，"他说，"我带你去一个地方！快点！"

他声音里面有命令的语调，她更恼火了。

"不去！"她简单地说。

他斜睨着她，想了两秒钟，然后，他用手抓了抓那被风吹得凌乱不堪的头发，忽然笑了。

"好好好，"他咬咬牙说，"我招了！我安心在等你，好了吧？你今天上完心理学就没课了，我已经查得清清楚楚，好了吧？"

这还差不多，她咬住嘴唇，想笑。微微扬起睫毛，她从眼角偷窥他，这浑小子的脸居然红了。他也会脸红，岂不奇怪！那天不怕地不怕的梁致中，那对什么都满不在乎的梁致中，居然也有脸红的一刻！不知怎的，他那脸红的样子竟使她心中怦然一动。她不再刁难，不再违抗，就身不由己地坐上摩托车的后座，伸手抱住了他的腰。

梁致中发动了马达，车子呼的一声向前冲去。风吹散了初蕾的头发，她不得不把面颊靠在致中的背上，免得头发跑进眼睛里。她在后面喊：

"你带我到什么地方去，你家吗？"

"不！去青草湖划船去！那儿有一种帆船，很好玩！包你喜欢！"

"致秀说你妈今晚要请我吃饺子！"初蕾喊，心里忽然掠过一个人影。有种微微的不安，就悄悄地袭上心头。

致中的背脊挺了挺。

"我妈的饺子，你随时都可以吃！"他含糊地说，又喊，"抱紧一点，我要加速了！"

他加快了速度，初蕾双手圈住了他的腰，把面颊紧偎着他的背脊。车子从校门口飞驰过去，初蕾眼睛一亮，忽然看到致文从一辆计程车里出来，大概受摩托车声音的吸引，致文回过头来，正好和初蕾的眼光接触。她皱皱眉，不可能的！她想，她一定是眼睛花了。绝不可能兄弟两个都跑到校门口来！但是，那一瞥是如此真实，竟使她神思恍惚了起来。致中在前面对她一连吼了好多句问话，她竟一句也没有听见。终于，致中大叫：

"初蕾！"

她蓦然一惊，"干吗？"她问。

"你在想什么？"

"我……我……"她嗫嚅了一下，仍然坦白地说了出来，"我好像看到了致文。"

戛然一声尖响，摩托车紧急刹车，车子停住了。致中回过头来，简简单单地说：

"你还是到我家吃饺子去吧，我不送你去！我要到青草湖去划船。你既然不想去，我就找别人跟我一起去！"

她呆了呆。

"我又没说不想去！"她委屈地说。

他停好车子，站在街边，他的眼睛亮晶晶地盯着她，里面又有那种近乎狞恶的光芒，他的脸色正经而严肃，从没有如此严肃过。他的声音冷淡而僵硬：

"让我告诉你一句我早就想说的话：我和我哥哥之间，衣服可以混着穿，车子可以彼此骑，书本可以大家看，只有女朋友，决不能分享！假若你要继续东倒西歪，我从此退得远远的，我不会为你而伤兄弟感情！"

她站在那儿，在他灼灼的注视下而觉得呼吸急促。太阳直射在她头上，入夏以来，她第一次感到太阳的热力。她的头有些发昏，嘴唇干燥，而他那从来没有过的严肃态度竟使她的心脏怦怦跳动。忽然，她明白了过来，这玩世不恭的浑小子，这从不认真的浑小子，这满不在乎的浑小子……正在对她做唯一一次感情的表白！

她深吸了口气，睁大了眼睛，怎么？小说中的谈情说爱不是这样的。怎么？连一句温柔的话都没有？怎么？他是这样凶巴巴而气呼呼的？但是，怎么？自己竟然那么喜爱这些僵硬而冷淡的言语！

"怎样呢？"他再问，"你要跟我去青草湖，还是要到我家去吃饺子？"

她用舌头舔舔嘴唇，轻声说：

"饺子随时都可以吃，是不是？"

他盯了她好几秒钟，逐渐地，他的眼睛里充满了笑意，但是，他的声音仍然是鲁莽而命令性的：

"上车！"他说。

"是！"她重新坐上了车子。

几分钟后，车子已经飞驰在郊外的公路上了。

同时，致秀和致文正并立在那朵初开的石榴花前面。兄妹二人，面面相觑，都有许多话，不知从何说起。致秀有些懊丧，自从听到致文说：

"我在校门口看到初蕾，致中把她带走了。"

她就开始沮丧了。事实上，两个都是哥哥，在今天以前，她并不觉得初蕾该属于二哥或大哥，她认为，无论哪个哥哥得到她，都是一件好事。但是，现在，她却觉得有些不对劲，一种强烈的、自责的情绪把她抓住了。

"大哥，我想都是我不好，我弄巧成拙！"终于，她先开了口，"如果我不去打电话，如果我始终和初蕾在一起，如果我没有离开这朵石榴花……"

"别说了！"致文轻声说，嗒然若失地望着那朵娇艳欲滴、含苞待放的石榴花，"怎么能怪你呢？你都是出于好意，是我……"他陡然咬紧牙关，致秀看到他下颚的肌肉在微微抖动，他的声音里竟带着震颤，"是我没缘分！"他伸手抚摸那朵石榴花，强迫自己把注意力集中到别处去，"从没看过这么漂亮的花！"他哑声说。

"是初蕾发现的，"致秀不假思索地说了出来，"我说，这像她的名字，夏天的第一朵蓓蕾。"

"哦！"致文慌忙缩回手，好像那朵花上有刺刺着了他。

致秀惊愕地看着致文，她在这一刹那间，才领会到致文对初蕾用情竟已如此深挚！感动，同情，怜悯……各种情绪，像潮水般对她淹了过来。她不由自主地说：

"大哥，你别放弃！初蕾和二哥出游并不代表什么，你可以去竞争呀！"

"竞争？"致文苦笑了一下，"和致中去竞争？去伤兄弟间的感情？何况，即使伤了兄弟感情，不见得会得到初蕾。你没看到他们刚刚在一起的神情，他们又亲热又快活……"他咽住了，半晌，才又低沉而沙哑地说，"其实，他们真相配！都那么调皮，那么活泼，那么无拘无束的……"他低下了头，不再说话了。

他们默默地在校园中走着，离开了石榴花，穿过了杜鹃花，那棵高大的红豆树正亭亭如盖地耸立着。致文低垂着头，漫不经心地走进那树荫下面，弯下腰，他从地下拾起一个熟透的豆荚，打开豆荚，有一颗鲜红的红豆滚进了他的掌心中，他喃喃地，低声地念了两句：

"是谁把心里相思，种成红豆。待我来碾豆成尘，看还有相思没？"

致秀听不清他在咕哝些什么，诧异地问：

"你在说什么？"

"我在念刘大白的诗。"他仰头看那棵大树，苦笑得更深了，"中国人总把红豆树当成相思树，其实是两码子事。但，我从不知道，一颗小小红豆，会长成这样巨大的树木。怪不得……古人称红豆为相思子。"

致秀的眼眶湿润了。

"大哥。"她低声叫。

致文忽然站定了，回过头来，坚定地望着她。

"致秀，我有没有告诉过你，今年暑假，我要去山上写论文？"

"山上？"致秀怔了怔，"干吗去山上写？"

"山上安静一点，可以专心工作。明年，我一定要升等，总不能当一辈子助教。"

致秀瞪着他，傻傻地点了点头。

他伸手摸摸致秀那被太阳晒得发热的短发，忽然笑了。笑完，他正色说：

"你一定要告诉致中，这一次，不能只有三分钟热度了！"

致秀更深地望着他，再傻傻地点了点头。

他握住那颗红豆，大踏步地往校外走去了。

第五章

对初蕾来说，这个暑假过得好特别。忽然间，生活的主人就再不是"自己"，而变成了"致中"。陪他去郊外，陪他到工厂，陪他工作，陪他游戏，陪他听原野的风声和鸟语的唧啾。致中喜欢户外生活，几乎只要他有假日，他们都在郊外或海边度过。忙碌的生活使初蕾透不过气来，而忙碌之余，她却总有那样一抹甩不开的惆怅。致文走了。刚放暑假他就带了个铺盖卷走了。据说，他上了一座很原始的高山，到林务局的招待所里写论文去了。一去就整整三个月。见不到熟悉的致文，常使初蕾有种若有所失的感觉。每次她去梁家，总是习惯地，见到梁太太就要问：

"伯母，致文什么时候回来？"

"不知道呀！"慈祥的梁太太笑着说，"这孩子，连一封信都没有！"

问多了，致中就有些火了，有次，他叉着腰问：

"你是来找大哥的，还是来找我的？"

她看着致中，却不敢多说什么。致中那任性而外向的个性，在这个假期里可以说是表现无遗了，而且，他有些专制，有些跋扈，有些蛮横……但，这应该不是致中的缺点，当初，吸引了初蕾的，也就是这些专制、跋扈、蛮横的男儿气概呀！

这天，初蕾、致中、致秀和赵震亚一起去海滨浴场游泳。天气相当热，海滨浴场挤满了人，绝大多数都是年轻人，成群结队的，带着滑水板，带着橡皮艇，在海边嘻嘻哈哈地追逐笑闹。初蕾穿了件崭新的游泳衣，是鲜红色三点式的。她很少穿三点式的泳衣，这件泳衣把她那少女的胴体暴露无遗。她那挺秀的胸膛，浑圆的臀部，修长的腿，和那不盈一握的腰肢……全展露在游人的眼前，吸引了许多人的目光。初蕾在享受她的青春，享受她的美丽，享受她的引人注意。她毫不在意地躺在橡皮艇中，随波上下，头枕着橡皮艇的边缘，微闭着眼睛，脸被太阳晒成了红褐色。

致秀坐在沙滩上，望着初蕾，她忍不住发出一声轻叹，由衷地赞美着：

"只有初蕾，才配穿比基尼。"

"我最讨厌比基尼！"致中恼火地说，"谁要她只穿这么一点点？她如果舍不得买游泳衣，拿我的手帕去缝一缝，也比现在遮得多一些！"

致秀皱起了眉，惊愕地看着致中。

"你真没良心，"她说，"初蕾为了买这件游泳衣，不知道跑了多少家服装店。你以为这件比基尼便宜吗？贵得吓死人！她要漂亮，还不是为了你！"

"怎么为了我？"致中瞪大眼睛。

"士为知己者死，女为悦己者容！"

"哈！算了！"致中说，"她是虚荣，她成心要引人注意……你瞧你瞧，真他妈的！"

有两个年轻人游到橡皮艇旁边去了，一边一个，他们扶着艇缘，正和初蕾说着什么。初蕾也笑吟吟地答着话。致中猛然从沙滩上跳了起来，往海浪里就跑。致秀看他一脸凶相，在后面直着喉咙喊：

"二哥，咱们是出来玩，你别和人吵架！"

赵震亚坐在致秀身边，也伸长了脖子往前看：

"我不懂致中为什么生气，"他说，"我不懂他为什么不喜欢比基尼，我也不懂他为什么要骂初蕾！"

致秀瞪着他，转过头去，打肚子里叽咕了一句：

"我不懂二哥从哪儿找来了你这个树桩子，更不懂他为什么要把我塞给你？"

在海中，初蕾正和那两个年轻人谈得起劲，大有一见如故的样子，她笑得像朵刚开的芙蓉。那两个年轻人得寸进尺，几乎想爬到橡皮艇上去了。致中从海浪里直蹿过去，潜入海底，他在水中轻快得像一条鱼。只几个起落，他已潜到橡皮艇下面，伸手向上一托，他陡然就把橡皮艇翻了个身。

初蕾大叫了一声，完全没有防备到橡皮艇会翻身，她整个人都滚进了海浪里，正好，有个大浪卷了过来，她的身子还没平衡以前，就被那浪直卷到海里去，她心中一慌，本能地张嘴想呼救，谁知才张开嘴，海浪就往她嘴中灌了进去，她连喝了好几口海水，吓得魂飞魄散。好不容易，才感到有人抓住了她的胳膊，又托起了她的身子，把她送上了水面。

她站起身子，双腿还浸在海浪中，她用双手抹去睫毛上的水珠，狼狈地睁开了眼睛，这才一眼看到，拉她起来的是致中，正用一对炯炯有神的眸子紧盯着她，唇边，带着半讥讽、半得意、半调侃、半邪门的笑。

"海水好不好喝？"他冷冷地问。

初蕾脑子里有些迷糊，她还没弄清楚，自己这一跤是怎么摔的。她望着致中，诧异地说：

"不知道是怎么回事，好好的，橡皮艇就翻了！"

"不知道是怎么回事？"致中打鼻子里哼着，"告诉你，是我弄翻的！让你喝两口海水，给你一点教训，看你以后还敢不敢像交际花一样躺在那儿招蜂引蝶！"

"什么？"初蕾瞪大了眼睛，"是你弄翻的？是你在整我？你说……你说些什么鬼话？"她气得话都说不清了，"我像什么……什么……"

"像交际花，像荡妇！"致中嚷开了，"躺在那儿对每一个男人抛媚眼……"

"你……你……你……"初蕾又气又急又恨，涨红了脸，她头发上的海水不住流下来，滚在她睫毛上，遮住她的视线。她口齿不清地，结舌地，用力地大喊出来，"你这个混蛋！"

"你骂我混蛋？"致中的脊背也挺直了，怒气遍布在他的眉梢眼底，他一把握住了她的手腕，"我警告你，尽管你是我的女朋友，你也不可以骂我混蛋！"他大吼。

"你混蛋！你混蛋！你混蛋！你混蛋！你混蛋……"初蕾一迭连声地破口大骂，"你就是个混蛋！不折不扣的混蛋！莫名其妙的混蛋……"

附近的游人全被惊动了，许多人都回过头来张望，几个小顽童戴着橡皮圈，游过来看热闹，也学着初蕾的语气，低低地叫："你混蛋！你混蛋！你混蛋……"

致中气得发抖，眉毛凶恶地拧在一块，眼睛也直了，他恶狠狠地瞪着初蕾，正要说什么，那两个肇事的年轻人也被惊动而奔过来了，其中一个，一把就拉住了初蕾那赤裸的手腕，叫着说：

"发生了什么事情？"

致中转向那年轻人，放眼看去，对方又高又帅，眉目英挺，站在那儿，颇有几分英爽逼人之气。他心中的怒火和醋意，一下子就像火山爆发般喷射了出来，一发而不可收拾。他扑了过去，一只手抓住那年轻人的肩，另一只手就握紧拳头，闪电般对他下巴上挥了过去，嘴里叫着说：

"都是你！揍你！看你以后还敢随便钓女孩子不！"

那年轻人措手不及，被打了个正着，站立不稳，他向后面就栽了过去。他倒下的身子，又正好压在一个胖女人的身上，那胖女人尖声怪叫，附近的人也纷纷大叫，扑着水躲开，初蕾也放开喉咙大叫：

"你疯了！梁致中！你是个发疯的混蛋！"

一时间，尖叫声，扑打声，水花飞溅声……闹了个天翻地覆。那年轻人已爬了起来，他的同伴也过来了，那同伴戴了副近视眼镜，文质彬彬的，一个劲儿地喊：

"小方，你怎么跟人打架呢？小方，有话好好说呀！小方，你不要发火呀！小方……"

那小方站在那儿，一脸的恼怒与啼笑皆非，他叫着说：

"你看清楚，是我要打架，还是人家要打我？这个疯子不知道从哪个精神病院里逃出来的……"

他一句话没有说完，梁致中的第二拳又对他挥了出去。这次，小方显然已有准备，他轻巧地闪开了这一拳，身子跳得老远，溅起了一串水花。致中又对他扑过去，幸好，梁致秀和赵震亚全奔了过来，致秀只简单地吼了句：

"震亚，抱住他！"

赵震亚就冲上前去，用他那对像老虎钳一样的胳膊，从致中身后，一把就牢牢地抱住了致中。致中又跳又叫，赵震亚却抱牢了不松手，致中跳着脚叫：

"让我揍那个瘪三！"

"我看你才是瘪三呢！"致秀对致中吼，回过头来看初蕾。

初蕾站在海水中，正用手背抹眼泪。致秀认识初蕾这么久，还是第一次看到她哭。她显然是又气又羞又伤心，她一边抹眼泪，一边对致秀说：

"致秀，你过来，我给你介绍，这位是方医生，刚刚从台大毕业不久，在我爸爸那儿当住院大夫，他叫方昊，我们都叫他小方。那一位是鲁医生，我们叫他小鲁。"她再转向小方，仍然在擦眼泪，"小方，这是我最要好的同学，叫梁致秀。"

致中呆住了，致秀也尴尬万分，她回头恶狠狠地瞪了她二哥一眼，就掉头看着小方歉然地说：

"真对不起，方医生，我想，大家有点误会……"

"叫我小方就好了！"小方慌忙说，对致秀爽朗地笑了起来，两排洁白的牙齿映着太阳光闪亮，"我们今天休假，到这儿来游泳，刚好碰到初蕾……"

"我和小方他们很熟，"初蕾接话说，又用手背擦眼泪，她的声音里带着哽咽，"遇到了大家都很开心，正在那儿谈天，你那个疯子哥哥就跑来了……"她眼眶全涨红了，用手揉着眼睛她哽塞着说，"我从没有这样丢人过！"咬了咬嘴唇，她再说，"致秀，你们继续玩，我去换衣服，先回家了。"

她掉转身子，回头就往沙滩走，致秀慌忙冲过去，一把抱住她，赔笑地注视着她，笑嘻嘻地说：

"别这样，初蕾。我代二哥向你道歉，行了吧？大家高高兴兴地出来玩，闹成这个样子多扫兴！"她对初蕾又鞠躬，又做鬼脸，"喏，千错万错，都是我的错，我该盯牢我那个鲁莽的混蛋哥哥……"

初蕾推开了她的手，泪珠还在眼眶里打转。她一脸的萧索和沮丧，固执地、坚决地说：

"这与你毫无关系，你不要乱担罪名。我真的要回家去，我已经一点兴致都没有了！"

她挣脱了致秀，径直走到沙滩上，弯腰拾起自己的浴巾，转身就向更衣室走去。致秀眼看局面已经僵了，她知道初蕾一旦执拗起来，是九牛也拉不转的。她回眼看致中，对致中做了一个眼色，致中呆站在那儿，浑浑噩噩地还没清醒。致秀忍不住说：

"浑球！你还不去把她追回来！"

一句话提醒了致中，他拔脚就往沙滩上奔。偏偏那力大无穷的赵震亚，仍然箍牢了他不放，他挣扎着说：

"赵震亚！你还不放手！"

赵震亚望着致秀：

"致秀，我可以放开他吗？"他愣头愣脑地问。

"唉唉！"致秀跌脚说，"松手呀！傻瓜！一个傻，一个浑，唉唉，要命！"

赵震亚奉命松手，致中就像箭一样射向了沙滩。小方注视着这一幕，虽然莫名其妙地挨了一拳，他却没有丝毫怒气，反而感到挺新鲜的。尤其，当致秀抬起头来看他，那对乌黑闪亮的眼珠温柔地射向他，那薄薄的小嘴唇微向上翘，她给了他一个抱歉而甜蜜的笑，他就觉得自己轻飘飘的像天上的白云一样了。

"对不起哦，小方。"她的声音清脆而娇嫩，"你一定能够了解……我哥哥对初蕾啊，是那个……那个……"她不知道如何措辞，就化为了嫣然一笑。

"我了解，我完全了解！"小方慌忙说，下意识地揉了揉下巴，"不打不相识，对不对？"

致秀望着他，她欣赏他的洒脱，也喜欢他那份随和，她唇角的笑意就更深了。小鲁一直站在旁边看，这时，他忽然拉住小方，把他拖开了好几步，在他耳边说：

"小方，你有几个下巴？"

"一个。"小方又摸摸下巴。

"你刚刚挨那一下是轻的，现在，你恐怕想挨一下重的，你再挨一下，包管你的下巴会裂成两个。"

"怎么？"

"你没有看到她身后那个印第安人啊？"

小方望向致秀，赵震亚那铁塔般的身子正挺立在那儿，胳膊又粗又黑又结实，像两根铁棍。他想了想，仍然大踏步走向前来，不看致秀，他径直走向赵震亚，微笑地伸出手去：

"我还没有请教，我该怎样称呼你？"

"我是赵震亚！"赵震亚率直地说，立即热烈地握住小方的手，他对任何友谊之手，都是紧握不放的。

致秀悄悄地低下头去，用脚尖拨着脚下的碎浪，以掩饰她唇边那隐忍不住的笑。因为，只有她注意到，小方伸出右手给赵震亚时，他的左手正紧护着自己的下巴呢！

当小方他们在海水中交换友谊时，致中已经在沙滩上追到了初蕾。他一下子拦在她前面，苍白着脸看她。

"你要到哪里去？"

"换衣服，回家！"她冷冷地说，眼眶红红的，泪珠依然在睫毛上轻颤。

"不许去！"他哑声说。

"哼！"她甩了一下头，绕到另一边，继续往前走。

他横跨一步，又拦住了她。

"你要怎样?"她抬起头来,恼怒地低叫,"你还没有让我出丑出够,是不是?你要对我用武力,是不是?你让开!我要回家!"

他盯着她,不动,也不说话,他们僵持了几秒钟,面面相对。终于,他往旁边让了一步,低声说:

"如果一定要走,你就走吧!假如你连我为什么发火,为什么出手揍人,你都不能理解,我留你也没有用。你要走,就走吧!"

他的声音里,一反平日的神勇,而变得低沉与怆恻。这语气立刻把初蕾击倒了。她用牙齿咬住嘴唇,蓦然间胸口发酸,新的泪珠就又涌进了眼眶里,她不由自主地吸了吸鼻子,又伸手去揉眼睛。看到她这种神情,致中狠狠地跺了下脚,粗声说:

"你不要哭吧!你再哭下去,我……"他用手抱着头,狼狈地在沙滩上兜圈子,"我……他妈的!你再哭再哭再哭我就……"他不自禁地又提高了声音,那凶巴巴的语气又出现了。

"你就怎么样?"她问。

"我就……我就跳海!"他冲口而出。

她大为意外,睁大了眼睛。她不相信地瞪着他。他鼓着腮帮子,脸涨得通红。大约他自己也没料到会冲出这样一句话,竟尴尬得无地自容了。她眼看他那涨红的脸,和那后悔不迭的样子,再也忍不住,就扑哧一声笑了,泪珠还挂在面颊上呢!他瞪她一眼,背过身子,嘴里叽里咕噜地说:

"又哭又笑，小狗撒尿！"

"你又在说什么粗话？"她问。

他抬头去看天空。

"没，没有。"他说，"我只动了动嘴唇。"

"哼！"她又哼了一声，这一声哼里，已经充满了温情与笑意了。

"好了！"他粗声说，"你闹够了吧？闹够了我们就游水去！"

"我闹够了吗？"她又气又笑，"你弄弄清楚，是你在闹还是我在闹？"

"好了！好了！"他不耐烦地皱起眉，"不管是你在闹，还是我在闹，都该闹够了！"他伸手抓住了她的手，"我们游泳去吧！"

"我不去！"她摔开了他，"怪没面子的！"

"哟！"他怪叫，"你又不去了？那你要干什么？"

"我还是回家去！"她要往更衣室走。

他再度拦住了她。

"你敢！"他说，眉毛一耸，又原形毕露，"你最好不要把我惹火了！"

她一怔，站住了。

笑意从她的眼底隐没，她站在那儿，像一座冰冷的石像，她的眼珠悲哀而无助地停在他脸上，她的声音变得幽冷而凄凉：

"我懂了。"

"你懂什么了？"他不解地问。

"你永远不可能改变！你是个暴君，是个以自我为中心的人，你根本不适合交女朋友！你不懂温柔，不懂体贴，不会代别人去想！你也不需要女朋友，你需要的，是个言听计从的女奴隶！可是，我不可能当你的女奴，我自尊心太强，你……你……你选错人了！"

她一口气说完，就直冲进更衣室里去了。

他呆站在那儿，默默地回味她这些话，思索这些话，烈日直射着他，他却动也不动。然后，他看到她换好洋装，从更衣室里走出来了。她似乎根本没看到他，掠过他的身边，她往海滨浴场的大门走去。

"等一下！"他命令地喊。

她微微悸动，却自顾自地走，充耳不闻。

他冲上前去，伸手扳住她的肩。

她回过头来，看他。

"要动武？"她问。

他凝视她，眼底是一片苦恼。他动了动嘴唇，无声地说了两个字，她不懂他的意思，困惑地望着他，问：

"你说什么？"

他再动了动嘴唇。

"我听不见。"

于是，他低低地说了出来：

"我改。"

她屏息片刻，呆望着他。

"我改，"他重复了一遍，"你骂得对，我改。"他的声音低得像耳语，"不要走，给我机会。"

她发出一声热烈的低喊，尽管是在众目睽睽之下，她却忘形地投入了他的怀里，用手抱住他的腰。她把面颊依偎在他那赤裸的、被太阳晒得发烫的胸膛上，一迭连声地说：

"我们不要再吵架了！不要再吵架了！不要再吵架了！不要再吵架了！"

他拥住她，伸手摸她那刚冲洗过的短发，喃喃地说：

"我保证，我会改好，一定改好！以后不发脾气，不打架，不乱骂人，也不……让你生气！"

她贴紧他，心中一片感动，一片欢愉。是的，他改，他会改……他们会永远恩恩爱爱……

但是，真的吗？暑假的最后两天，却又发生了一件不可原谅的事情。

第六章

　　事情还是初蕾引起来的。只因为那天早晨她很无聊，只因为天气太好，只因为她看到天边有一片浮云，样子像极了一匹威武的白马，只因为她心血来潮……说了这么一句：

　　"我想骑马。"

　　于是，致中带她到了马场。

　　初蕾从没骑过马，也从不知道台湾有马场，更不知还有马论小时出租。当那匹棕色马被拉到她面前时，她像个小孩般兴奋，拍抚着马的鬃毛，她和那教练谈得热络：

　　"它叫什么名字？"

　　"安娜。它是匹母马。"

　　"哦，你们为什么给它取洋名字，多不顺耳！"

　　"因为它是西洋种呀！"教练笑着说，"它是进口的，来的时候才两个月大。"

　　"现在它多大？"

"六岁了。"

"噢，它是匹老马了！"

"不，应该说正在盛年，一匹马可以活到二十几岁。它的健康情形很好，我看，活二十几年没问题！"那教练热心地解释，他的个子很小，有一张讨人喜欢的娃娃脸，满身的活力与干劲。他拍拍马的背脊，"你不要怕它，它很温驯，是所有马匹里最温驯的一匹。你可以跟它说悄悄话，它喜欢听！"

"是吗？"初蕾高兴地问，立即跑过去在马耳边说了一大堆话，那匹马真的点头摆耳掀尾巴，一副"洗耳恭听"的样子，初蕾乐极了，抱着马脖子就给它一个拥抱，马也乖巧地用头在她身上摩擦，她喜悦地叫了起来：

"它喜欢我，你瞧，它喜欢我！"

"它还喜欢吃方糖。"教练说，放了两块方糖在初蕾掌心中，"你喂它。"

初蕾把方糖送到马鼻子前，那匹马立刻伸出舌头，从她掌心中舔去那两颗方糖，还意犹未尽地继续舔她，她歪着头看它，越看越乐。

"它有表情，你觉不觉得？"她问教练。

"岂止有表情，它还有思想。"

"你怎么知道？"致中大踏步地走上前来，板着脸，他一本正经地望着教练，粗声打断了他们的谈话：

"你们是计时收费，是不是？"

"是呀！"

"谈话时间算不算在内？"

那教练看了他一眼，一语不发地把缰绳交在初蕾手中，看了看表，简单地说：

"现在开始计时！"

说完，他转身就走进他的小屋里去了。

初蕾瞪着致中，心里有一百二十个不满。

"致中，你这人相当不近人情，你知不知道？"

"初蕾，"他凝视她，"你到底是要骑马，还是要谈马？让我告诉你一件事情，我是个穷小子，我的职业，说得好听是助理工程师，说得不好听，就是工头。我每个月薪水有限，假期也就这么几天。为了陪你，我已经贡献了我所有的时间和金钱。如果你要骑马，你就骑马，但是，你要花了我的钱去和别人'谈马'，我不当冤大头！"

"你……"她有些沮丧，有些败兴，有些生气，"你怎么这样没情调？如果你嫌我花了你的钱……"

"我一点也没有嫌！"他很快地接话，"我只是告诉你事实。我一生从没有对任何一个女孩这样迁就过，你最好不要……"

"最好不要惹火你，是不是？"初蕾挑着眉毛问。

"是。"他居然回答。

她抬起头来，愕然地睁大眼睛，还没开口，致中已经一拉马缰，简单明快地说：

"上马吧！"

她再看他一眼，强忍下心中的不满，走过去攀那马鞍。她觉得，自己竟然有些怕他了，怕他的火暴脾气，怕他的直眉瞪眼，怕他在人前不给她面子……而最怕的，还是吵架后那种刻骨的伤心。她不再说话，扶着马鞍，她费力地往上爬。头一次骑马，心里难免有点紧张，她爬了半天，就是爬不上去，她嘴里开始轻声叽咕：

"咦，奇怪，怎么它不跪下来，让我好爬上去！"

"你以为它是什么？"致中笑了，"是大象，还是骆驼，它还会对你下跪？"他扶住了她的臀部，把她往上用力一推，"上去吧！"

他的笑容使她心情一宽，喜悦又流荡在胸怀里。借他那一推之力，她的身子凌空而起，她一手扶着马鞍，另一手抓牢马缰，对着马背就潇洒地一跨，完全是电影上学来的"招术"，她自己觉得那动作一定又优美又潇洒又帅，她的头微向上仰，准备漂漂亮亮地坐下来，再漂漂亮亮地"驰骋"一番。谁知道，她一坐之下，只觉得什么东西猛撞了自己的屁股，疼得她直跳，而那"温驯"的马骤然发出一声长嘶，她就觉得像大地震似的，在还没闹清楚是怎么回事以前，已经摔到地下去了。

"哎哟！"她坐在地下直哼哼，"这是怎么回事？"

"怎么回事？"致中扬了扬眉毛，"你太笨了，就这么回事！"

"胡说！是你推得太用力了！"她打地上爬起来，"不要你帮忙，我自己来！"

"好！"他干脆往后退了两步，双手抱在胸口，一副"看好戏"的样子。

她弯腰附在马耳朵边，开始对它说悄悄话：

"安娜，你乖乖地让我骑，给我点面子，我待会儿买一大包方糖给你吃！"

那马一个劲地点头，用右前蹄踏着泥土，显然，它已经接受了"贿赂"。于是，初蕾像爱抚小狗似的又爱抚了它半天，这才小心翼翼地踏上那马镫。谁知道，这一次，那马根本没有容她上鞍的机会，就后蹄腾空，表演了一手"倒立"，初蕾哎哟一叫，又摔到地下去了。

当初蕾摔第三跤的时候，致中走过来了。

"你是在骑马呢，还是在表演摔跤呢？"他笑嘻嘻地问。

"你——"她摔得浑身疼痛，心里正没好气，给他这么一调侃，更是气不打一处来。她挥鞭就往他身上抽去，不假思索地骂了句，"你这个混蛋！"

他一把抓住了马鞭，正色说：

"我有没有警告过你，不可以骂我混蛋！"

她的背脊冒起一阵凉意，海滩上的一幕依稀又在眼前，咬了咬牙，她慌忙低垂了头，悄声说：

"你教我骑马，好不好？我不懂怎么样控制它！"

"让我告诉你实话吧，"他说，"我从没骑过马，我也不懂怎样控制它！"

"那么，你去请那个教练来教我！"

"我去请那个教练？你休想！我好不容易把他赶跑了，你又要我去请他？"

"你不去请，我就去请！"她往那小木屋走去。

他伸手一把抓住了她。

"你一定要跟我唱反调吗？"他问。

"不是跟你唱反调，"她忍耐地说，"我需要人教我，而你又不能教我，那个教练懂得马，他既然出租马，就有义务教我骑……你……你不要这样不讲理，你使我觉得，你总在没事找麻烦！"

"我不讲理？我没事找麻烦？"他的声音蓦然提高了，"我看你才有点不知好歹，莫名其妙！你说要骑马，我就陪你来骑马，像我这种男朋友，你到什么地方去找？不要因为我处处顺着你，你反而神勇得……"

他忽然住了口，因为，一阵均匀的马蹄声传来，他眼前突然一亮，就不自禁地被吸引了。初蕾忍着气，本能地顺着他的目光向前一看，也不由自主地呆住了。

眼前，有个浑身穿着红衣服的少女，红衬衫、红马裤、红马靴，头上歪戴着顶红帽子，手里拿着条红皮鞭，骑着一头又高又大的白马，正在场中优游自在地驰骋。她有一肩披泻如云的长发，有着修长的身段和神采奕奕的眼神。她骑在马上的样子真漂亮极了，帅极了，美极了，棒极了！简直就是电影镜头，红衣，白马，衬着绿野蓝天。初蕾微张着嘴，又羡慕，又佩服，又欣赏！

那少女显然看出自己被注意了，她骑着马驰向他们，在他们面前停住了。她有张白皙的面庞，挺直的鼻梁，乌黑的眼珠和薄薄的嘴唇。严格说起来，她不算美丽，但是，她那打扮，那神韵，那骑在马上的英姿，以及那笑吟吟的样子，却使她"帅"到了极点。

"怎么了?"她望着他们问,"马不肯让你们骑,是不是?"

"是呀,"初蕾说,惊叹地仰视着她,"你怎么骑得这么好?谁教你骑的?"

"没有人教我骑,我自己练!"她笑着,"你要征服马,不能让马征服你!"

致中胜利地扫了初蕾一眼,那眼光似乎在说:

"你这个笨猪!没出息!"

致中再望向那少女。

"你骑得好极了,"他由衷地赞美,"这匹马也特别漂亮,这么高,你怎么上去?"

那少女清脆地笑了一声,翻身下马,轻巧得像只会飞的燕子。她一定有表演欲!初蕾心里在低低叽咕。望着她抓着马鞍,不知怎样一翻,就又上了马背。她伏在马背上笑。对致中说:

"看见没有?"

"我来试试看!"致中的兴趣被勾起来了,他走过去,从初蕾手中接过了马缰,眼睛望着那少女。

"你别怕它!"那少女说,"你要记住你是它的主人!抓住马鞍的柄,对了,手要扶稳,上马的动作要轻,要快,好极了!抓牢马缰,勒住它,别让它把你颠下来!好极了,你很有骑马天才!现在放松马缰,让它往前面慢慢地走,对了,就是这样……"

初蕾不知不觉地退后到老远,目瞪口呆地望着这一幕。致中已经骑上了那匹棕色马,正在那少女的指导下缓缓前进,那少女勒住白马，跟了上去，不住在旁边指点，他们变成了并辔而驰。一圈，又一圈，再一圈……缓缓的马步逐渐加快，变成了小跑步……马蹄嘚嘚，清风徐徐，少女在笑，致中也在笑，小跑步变成了大跑步……初蕾心里有点糊涂，眼前的景象就变得好朦胧了。她觉得一切都像在做梦一样，完全不真实。他们那并辔而驰的样子像电影里的慢镜头，飞驰，飞驰，飞驰……他们从她面前跑过去不知道多少圈了。没人注意到她，终于，她低下头，默默地，悄悄地，不受注意地离开了马场。

她没有回家，一整天，她踯躅在台北的街头。遛马路，逛橱窗，无意识地望着身边熙来攘往的人群。黄昏时，她走累了，随便找家咖啡馆，她走了进去，坐在角落里喝咖啡。用手托着腮，她呆望着咖啡馆里那些成双成对的情侣。她奇怪着，这些情侣怎么有谈不完的话？她和致中之间，从来没有这样轻言细语过。他们疯，他们玩，他们笑闹，他们吵架……却从来没有好好谈过话。既没有计划未来，也没有互诉衷肠。他们像两个玩在一块的孩子，没有过去，也没有未来，所有的，只是"现在"，连那个"现在"，还都是吵吵闹闹的！

她坐在那儿，静静地坐在那儿，第一次冷静地思考她和致中的恋爱。恋爱，这算是恋爱吗？她思前想后，默默地衡量着她和致中之间的距离。"不能这样过下去。"她茫然地想，"不能这样过下去！"她心中在呐喊了，"不能这样过下去！"她用手托着下巴，呆望着墙上的一盏壁灯出神。这就是爱情吗？这就是爱情吗？她越来越恍惚了。而在这恍惚的情怀中，有份意识却越来越清晰：要找他说个清楚！要找他"谈"一次！要找他像"成人"般谈个明白！

她看看手表，已经晚上八点钟了，怎么？一晃眼就这么晚了？致中一定在家里后悔吧？他就是这样，得罪她的时候，他永远懵懵懂懂，事后，就又后悔了。她想着海边的那一天，想着他用手扳住她的肩头，无声地说"我改！"的那一刻，忽然觉得心中充满了酸楚的柔情；不行！她想，她不该不告而别，他会急坏了，他一定已经急疯了！不行，她要找到他！

站起身来，她走到柜台前面，毕竟按捺不住，她拨了梁家的电话。

接电话的是致秀，果然，她惊呼了起来：

"哎呀，初蕾，你跑到什么地方去了？二哥说你在马场离奇失踪，他说，你八成和那个骑马教练私奔了！喂，"致秀的语气是开玩笑的，是轻松的，"你真的和马场教练在一起啊？"

怎么？他还不知道自己在生气吗？怎么？他还以为她在作怪吗？怎么？他并不着急也不后悔吗？

"喂，"她终于吞吞吐吐地开了口，"你让致中来跟我说话。"

"致中？他不在家啊！"

糟糕！他一定大街小巷地在找她了，这个傻瓜，台北市如此大，他怎么找得着？

"致秀，"她焦灼地说，"他有没有说他去哪儿？"

"他吗？"致秀笑了起来，笑得好得意，"他陪赵震亚相亲去了！"

什么？她甩了甩头，以为自己没听清楚。

"他……他干什么去了？"

"陪赵震亚相亲啊！"致秀嘻嘻哈哈地笑着，"我告诉你，初蕾，我终于正式拒绝了赵震亚，把二哥气坏了，大骂我没眼光。今晚有人给赵震亚做媒，二哥跟在里面起哄，你知道他那个无事忙的个性！他比赵震亚还起劲，兴冲冲地跟他一块相亲去了！"

"哦！"她轻声地说，"兴冲冲地吗？"她咬咬嘴唇，心中掠过一阵尖锐的痛楚，"好，我没事了。"她想挂断电话。

"喂喂！"致秀急急地喊，"不忙！不忙！别挂断，有人要跟你说话！"

初蕾心中怦然一跳，见鬼！给这个鬼丫头捉弄了，原来致中在旁边呢！她握紧电话，心跳得自己都听见了。

"喂！"对方的声音传了过来，低沉地，亲切地，却完全不是致中的声音！"初蕾，你好吗？"

是致文！离开了三个月的致文！她经常想着念着的致文！初蕾不知道是喜是愁，是失望还是高兴，只觉得自己在瞬息之间，已历尽酸甜苦辣。而且，她像个溺海的人突然看到了陆地，像个迷途的人突然看到灯光，像个倦游的浪子突然看到亲人……她握着听筒，蓦然间哭了起来。

"喂？初蕾？"致文的声音变了，焦灼、担忧和惊惶都流露在语气之中，"你怎么了？喂喂，你在哭吗？喂！初蕾，你在什么地方？"

"我……我……"她抽噎着，用手遮住眼睛把身子藏在墙角，以免引起别人的注意，"我在一家咖啡馆，一家名叫雨果的咖啡馆。我……我……我不好，一点都不好……"她语不成声。

"你等在那儿，"致文很快地说，"我马上过来！"他挂断了电话。

几分钟以后，致文已经坐在初蕾的对面了。初蕾抬起那湿漉漉的眼珠，默默地看着他。他瘦了！这是第一个印象。他也憔悴了！这是第二个印象。他那深黝的眸子，比以前更深沉，更温柔，更充满撼动人心的力量了。这是第三个印象。她咬紧嘴唇，一时之间，只觉得有千言万语，不知从何说起的感觉。

他紧盯着她，逐渐地，他的眉头轻轻地蹙拢了。这还是几个月前那个欢乐的小女孩吗？这还是那个大谈杜老头李老头的小女孩吗？这还是那个不知人间忧愁的小女孩吗？这还是那个躺在沙滩上装疯卖傻的小女孩吗？她怎么看起来那样茫然无助，又那样楚楚可怜呵！致中那个浑小子，难道竟丝毫不懂得如何去照顾她吗？他望着面前那对含泪的眸子，觉得整个心脏都被怜惜之情绞痛了。

"初蕾，"他的喉咙沙哑，"到底发生了什么事情？"他柔声问，"是为了致中吗？"

她点点头。

"我吃晚饭的时候还看到致中。"他说，"他并没有说发生了什么事呀！"

她垂下眉毛，默然不语。

"初蕾，"他侧头想了想，理解地说，"我懂了。致中得罪了你，但是他自己并不知道。"

她很快地抬起睫毛，瞥了他一眼。

他从怀里掏出一盒香烟，取出一支，他伸手拿起桌上的火柴，燃着了烟。她再抬起睫毛，有些惊奇，有些意外，她说：

"你学会了抽烟！"

"哈，总算开口说话了！"他欣慰地说，望着她微笑，"在山上无聊，抽着玩，就抽上瘾了。"他从烟雾后面看她，他的眼神温存、沉挚而亲切，"不要伤心，初蕾，"他柔声说，"你要原谅致中，他从小就是个粗心大意的孩子，他决不会有意伤你的心，懂吗？"

她嘟了嘟嘴，被他那温柔的语气振作了。

"你是哥哥，你当然帮他说话！"她说。

"好吧！"他耐心地，好脾气地说，"告诉我，他怎么得罪了你？让我来评评理。"

她摇摇头。

"不想说了。"

"为什么？"

"说也没有用。"她伸手玩弄桌上的火柴盒，眼光迷迷蒙蒙地盯在火柴盒上，"我已经不怪他了。"她轻语。

"是吗？"他喷出一口浓浓的烟雾。

"是的。"她幽幽地说，"我想明白了，我怪他也没有用。他是那种人，他所有的感情，加起来只有几CC，而我，我需要一个海洋。他把他的全部给我，我仍然会饥渴而死，我——"她深深地抽口气，"我完了！"

他紧盯着她。

"你需要一个海洋？"他问。

"是的，我是一条鲸鱼，一条很贪心的鲸鱼。要整个海洋来供我生存。致中……"她深深叹息，眼光更迷蒙了，"他却像个沙漠！"她忽然抬眼看他，眼里有成熟的忧郁，"你能想象一条鲸鱼在沙漠里游泳的情况吗？那就是我和致中的情形。"

他再喷出一口浓浓的烟雾，眼睛在烟雾的笼罩下，依然闪烁，依然清亮。

"不至于那么糟糕！"他说，"你一定要容忍他，爱情就需要容忍。致中或者缺乏温存与体贴，但是，他善良，他热心，他见义勇为……他还有许多优点，如果你能多去欣赏他的优点，你就会原谅他的缺点了。初蕾，"他诚恳地说，"世界上没有十全十美的人！"

"有。"她说。

"谁？"

"我爸爸。"

他笑了。

"有个好爸爸，不知道是你的幸运，还是不幸？"他说，"你不能要求世界上每个男人都像你爸爸，对不对？你爸爸是个成熟的男人，致中还年轻，年轻得像个孩子。等他到了你爸爸那样的年纪，他也会成熟了。"

"不会的。"她摇摇头。

"为什么不会？"

"有些人活一辈子都不会成熟。我在心理学上读到的。他就是那种男人！"

"怎能如此肯定？"

"看你就知道！你只比他大几岁，可是，你比他成熟。我打赌你在他那个年龄的时候，也比他成熟！"

他一震，有截烟灰落到衣襟上去了。

"可是……"他蓦然咽住了。

她惊觉地抬起头来。"可是什么？"她问。

他瞪着她。可是，你并没有选择成熟的男人呵！他想。这句话却怎么都不能说出口，他深吸了一口气，摇摇头。

"没有什么。"他低声说。

她注视着他，因为得到倾诉的机会，而觉得心里舒服多了。也因为心里一舒服，这才发现自己饥肠辘辘。她仔细一想，才恍悟自己从中午起就没有吃东西，怪不得浑身无力呢！她俯下头，对致文说：

"帮我一个忙，好吗？"

"什么？"

"给我叫一点吃的，我一天都没吃东西了！"

他大惊，而且心疼了。立即，他叫来侍者，给她叫了客咖喱鸡饭，又叫了客番茄浓汤，再叫了客冰激凌圣代。她饕餮地吃着，大口大口地咽着饭粒，她那么饿，以至于吃得差点噎着。他一瞬不瞬地看着她吃，越看越怜惜，越看越心疼，终于，他也俯下头来，低声说：

"答应我一件事，好吗？"

"什么？"她满口东西，含糊地问。

"以后不管怎么生气，决不可以虐待自己！"

她怔了怔，微笑了："我并不是虐待自己，我只是忘了吃！"

"那么，以后也不可以'忘'！"他说。

"唉！"她轻叹了一声，"忘了就忘了。人气糊涂的时候，会连自己姓什么都想不起来！"

他看了她好一会儿。

"放心！"他哑声说。

"放心什么？"她不解地。

"我——"他咬了咬牙，"我去帮你把沙漠变成海洋！"

第七章

电话铃又是黎明的时候响起来的。

初蕾听着那电话铃的声音，一响，二响，三响……她躺着不想动，不管是不是她的电话，她都觉得，没什么力量可以把她从床上拉到楼下去听电话。虽然，她早就醒了，或者，她根本没有沉睡过。

她听到父母的房门开了，听到父亲的脚步走下楼梯。那女佣阿芳，每次睡熟时连雷都打不醒，阿芳睡在楼下，却从不接听午夜或黎明时的电话。

她躺着，直到听见父亲的喊声：

"初蕾！你的电话！"

果然是她的！怎么会？致中从不在黎明时打电话！她披衣下床，慢腾腾地穿上拖鞋，打开房门，走下楼梯去。

夏寒山正拿着听筒等着，他脸上有种令人费解的、近乎懊恼的表情，他的眉峰微锁，眼神有些儿憔悴。怎么？父亲不满被电话所惊扰吗？不满这么早有人找她吗？还是不满自己不下楼接电话？她奔过去，踮起脚尖，讨好地在父亲眉心中吻了吻，很快地说：

"爸，别皱眉头。我也常常半夜或清早帮你接电话呀！你要怪，该怪妈妈，你去说服她，在卧室装分机好不好？免得我们父女两个跑上跑下！"

夏寒山惊觉地看着初蕾，像从一个梦中刚醒过来一样，他慌忙把听筒交给她，掩饰什么似的说：

"我并没有怪谁。接电话吧，是梁家那孩子！"

是致中？她有些惊奇，却并无喜悦之情，这么早打电话来，八成又要找她麻烦！她握起听筒的时候，心里几乎是担忧的。

"喂，致中？"她小心翼翼地问。

对方发出一声低低的叹息。

"对不起，不是致中。"

她的心莫名其妙地跳了跳，担忧立刻从视窗飞走了，她松弛下来。而且，欣喜的情绪，就缓慢地把她给包围住了。她靠进沙发里，松了口气。

"致文，"她说，"你起得好早！"

"不是起得早，是没有睡。"

"哦！"她轻应着，真巧，她也没睡，"为什么？"

"我连夜完成了一样东西。"

"完成了一样东西？你的论文？"

"不。论文在山上就写完了，不是论文。"他顿了顿，"你今天有空吗？我有件礼物送给你！"他的声音里带着鼓励、安慰与振奋的意味，"包管你看了，就会开心起来了。"

她笑了。

"你觉得我很不开心吗？"

"如果我连你的不开心都不知道，我就是白痴了！"他低叹地说，"什么时候可以出来？"

"随时都可以出来！"

"那么——"他迟疑了一下，"现在？"

现在？她吃了一惊，看看表，才六点十分，但是，管它呢？谁说六点十分就不能出去？她忽然感到浑身又充满了活力，忽然感到整个暑假压迫着自己的那种压力在消失，忽然感到有种难解的喜悦和兴奋正在血液中流窜……她很快地说：

"好，就是现在！我们在什么地方见面？"

"你等着，我来你家接你，见了面再研究去哪儿！"

"好，就这样！"挂断了电话，她抬起头来。一眼看到夏寒山正倚窗站着，他手中有一支烟，室内，那股轻烟在缓缓扩散。他一边吸着烟，一边静静地望着自己。

"哦，爸！"她有些心虚似的说，"你怎么还站在这儿，不上去再睡一下？"

夏寒山深深地凝视她，慈祥地说：

"过来！初蕾。"

她走到父亲身边，夏寒山用手扶住她的肩膀，仔细地看着她，温和地、慢慢地说：

"你不快乐吗？"

"哦，爸爸！"她低喊了一声，显然，刚刚她和致文的谈话，父亲已经听得清清楚楚，"我是有些烦恼，但是并不严重。"

"是吗？"夏寒山柔声问，用手托起初蕾的下巴，"我以为，你和梁家两兄弟间的关系，已经很明朗了。"

"是很明朗呀！"初蕾红着脸说。

"那么，你说说看，怎么个明朗法？"

初蕾怔了怔，她凝视着父亲，夏寒山那对亲切的眼睛带着多么深刻的、善解人意的智慧！

"致中是我的好朋友，"她轻哼着说，"致文是我的好哥哥。"

"朋友与哥哥的分别是什么？"夏寒山追问。

"朋友——"她拉长了声音，深思着，"朋友可以陪我疯，陪我玩，陪我笑闹。哥哥呢？哥哥可以听我说心事，和我聊天，安慰我。朋友，你要小心地去维持友谊，哥哥呢——"她停了停，"你就是和他发了脾气，他还是你的哥哥！"

夏寒山皱起了眉头。

"你不跟我分析还好，"他说，"你这样一分析，我是更糊涂了！初蕾，"他直视着她，坦率地问，"我们别兜圈子，你老实告诉我吧，他们两个之中，是谁在和你谈恋爱？这整个暑假，你似乎都和致中在一起？"

她点点头，轻颦着眉梢。

"那么，是致中了？"她再点点头，眉毛锁得更紧了。

他审视着她。"那么，为什么不快乐？"

"哦，爸爸呀！"她在他的追问下不安了，烦恼了，困惑了。她的声音里充满了无助与无奈，"你告诉我，恋爱是件快乐的事吗？是应该很快乐的吗？"

一句话把夏寒山给问住了。他侧头沉思，深吸了口烟，他沉吟地说：

"爱情里有苦有甜，有烦恼，也有狂欢……"

她的眉头一松，笑了。

"那么，我是很正常的了！"她收住了笑，想了想，不自禁地摇摇头，那股忧郁的神气就又飞上她的眉梢，她叹了口气，走过去坐在沙发里，用手捧住了头，"哦，我不正常，我完全不正常！"她呻吟着说，"我烦透了！烦透了！爸，你知道我的问题出在什么地方？我是一条鲸鱼！"

"你是什么？"夏寒山挑起了眉毛，"一条鲸鱼？"

"是呀！"初蕾一本正经地板着脸，苦恼地说，"一条好大好大的鲸鱼。"夏寒山抬头看她，她蜷在沙发中，穿了件红蓝相间的条纹睡袍，整个人缩在那儿，看起来又娇小，又玲珑。

"你怎么会是鲸鱼？"他失笑地说，"你看上去倒像条热带鱼！"

初蕾望着父亲，心想，父亲准不了解"鲸鱼"的比喻。她正想要解释，身边的电话铃又蓦地狂鸣，吓了她好大的一跳。寒山瞪着她，低低地说：

"接电话吧！大概是'朋友'打来的了！"

她惊跳，脸色发白了。伸出手去，她很不情愿地拿起听筒，送到耳边去。

"喂，"她战战兢兢地说，"哪一位？"

"请问，夏寒山医生在家吗？"

是个女人！很熟悉的声调，软软柔柔的。初蕾心中一宽，立即把听筒举起来，对着寒山喊：

"爸，是你的电话！"她用手捂着听筒，淘气地伸伸舌头，"是个女人，声音好好听，爸，你在外面，没有藏着个'午妻'吧？"

这次，轮到夏寒山变色了。他走过去，接过听筒，对初蕾瞪了瞪眼睛：

"还不上楼去换衣服，你不是马上要出门吗？"

一句话提醒了初蕾，她转过身子，飞快地冲上楼去了。

寒山握着听筒，慕裳的声音立刻传了过来，带着浓重的、祈谅的意味，她急促地说：

"对不起，寒山。我迫不得已要打到你家里来，雨婷又发作了！"

"怎么发作了？"

"她又晕倒了，口吐白沫，样子可怕极了！"她带着哭音说，"请你赶快来，好不好？"

"有没有原因？"

她顿了顿。

"为了你！"她颤声说。

"为了我？"他惊跳。

"你快来吧，来了再谈，好吗？"

"我马上来！"

他挂断电话，回身往楼上走，这才看到，念苹不知何时已经起床了，不知何时已站在楼梯口上了。她斜倚着栏杆，居高临下地望着他，安安静静的，脸上毫无表情。他心虚地看她，不知道她听到了多少，体会了多少。可是，她那样镇定，那样沉着，他完全看不透她。

"有事要出去？"她问。声音很平和。

"是的，有个急诊。"

"我叫阿芳给你弄早餐！"

"不用了！"他仓促地说，"我不吃了！"

他冲进卧室，盥洗更衣。几分钟后，他已经驾着自己那辆道奇，往水源路的方向驶去。

杜慕裳的家是幢四楼公寓，她住在顶楼，房子在水源路上，傍着淡水河。夏寒山觉得这一区有些偏僻，但是，慕裳住惯了，她喜欢凭窗看淡水河的夜景，看中正桥上的灯光，看河面上反射的月色。许多个晚上，他也和她一起欣赏过那河边的夜，也曾和她漫步在那长堤上，吹过那河边的晚风。时间久了，他就能深深体会她为什么爱这条路了，在台北，你很难找到比这一区更具特色、更有情调的住宅区。

早晨的这一区还是很热闹，学生已经成群结队去上课，从中和乡到台北的车辆川流不息，他驶上水源路，可以看见中正桥上车子在大排长龙。他停在慕裳的公寓门口，下了车，他提着医药箱，直奔上四楼。

慕裳正开着门在等他。

他走进客厅，第一句话就问：

"醒过来没有？"

她摇头，眼里有泪痕。

他凝视她，皱起眉头。

"你又哭过了。"他说，语气里有微微的责备。

"对不起。"她说，把头转开。

"我们去看她吧！"

寒山和慕裳走进了雨婷的卧室，雨婷正仰躺在地毯上，显然她晕倒后，慕裳就没有移动过她。寒山走到她身边，俯身去查看她的呼吸，翻开她的眼皮，去看她的瞳仁。然后，他把她从地毯上抱起来，平放在床上。

"怎样？"慕裳担忧地问。

"她真的晕倒了，"寒山说，"你别慌，我给她打一针，她很快就会醒过来。拿条冷毛巾给我！"

慕裳把毛巾递给他，他用毛巾压在她额上，打开医药箱，他取出针药和针筒，给她注射。慕裳呆呆地站在一边，看他那熟练而稳定的动作，看他那镇静而从容的神情，她又体会到他带来的那种安定和力量。她静静地望着他，崇拜而依赖地望着他。一管针药还没注射完，雨婷已经清醒了过来。她在枕上转动着头，她的眼皮在眨动，然后，她的眼睛睁开了。她看到寒山，眉头倏然紧蹙，她抽动手臂，想挣脱他的注射，她哑声说：

"我不要你来救我！"

寒山心中有点明白，压住了她的胳膊，他强迫地把那管针药注射了进去，抽去针头，他用药棉在她手腕上揉着，一面镇静地问：

"说说看，你为什么反对我？"

"你是个伪君子！"她那缺乏血色的嘴唇颤抖着，她的声音虽然低弱，却相当清晰，"你利用给我看病的机会，来追求我的母亲！"

他紧盯着她。

"是的，"他说，语气稳定而低沉，"我在追求你的母亲，因为她是个非常可爱的女人。我必须谢谢你生病，给了我认识你母亲的机会！"

她立即把头转向床里面，闭上了眼睛。

"我不要跟你说话！"她低语，"我恨你！请你离开我的房间，我希望这辈子不要再见到你！"

他捉住她的下巴，把她的脸扶正，他的声音很温柔，很诚挚：

"为什么恨我？"他说，"因为我爱上了你的母亲？我欣赏你的母亲是错误吗？"

她的眼睛睁开了，里面漾着一层薄薄的水雾，那乌黑的眼珠浸在水中，像两颗发光的黑宝石。寒山注视着这对眼睛，他不能不在心中惊叹，生命多么奇妙，它能造出如此美丽的一对眼睛。

"你欣赏我的母亲不是错误。"她幽幽地说，胸部起伏着，呼吸急促而不均匀，她在努力控制她自己，"但是，你爱上我母亲，是不可原谅的错误！"

"你认为你母亲不该再爱吗？"他紧追着问，"你认为她就该这样永远埋葬她的感情？你不认为你这种观念很残忍……"

"我认为你很残忍！"她清脆地打断他。

"我很残忍？"他愕然地问。

"你难道不知道，你根本没有资格爱我母亲吗？"她的声音提高了，她的眼睛睁得又圆又大，呼吸沉重地鼓动着她的胸腔。她那含泪的眸子，像两把尖锐的利刃，对他直刺过来，"我从没有要求我母亲守寡，我从没有要求她过独身生活！她有资格爱，可是你没有！你难道不明白，你有太太有孩子，你根本没资格恋爱吗？你应该爱的，是你的太太！不是我的母亲！"

夏寒山像挨了重重一棍，他被击倒了！顿时，他就觉得背脊上冒起一阵凉意，而额上竟冷汗涔涔。他没料到，这病恹恹的孩子会说出如此冷酷的一番话，她像个用剑的老手，知道如何去刺中别人的要害！他瞪着她，被她堵得哑口无言。

"你知不知道一件事？"她继续说，高亢而激烈地说，"一个女儿的爱，不会伤害一个母亲。一个男人的爱，却很容易杀死一个女人！"

夏寒山跳了起来，踉跄着就冲出了那间卧房。同时，慕裳的脸色变得比纸还白，她扑向雨婷，用她那冰冷的手指，去试着堵住女儿的嘴唇。她这个举动惊醒了雨婷，她睁大眼睛，恐惧地望着母亲，然后，她坐起身子，她的胳膊环绕过来，用力地抱住了慕裳的脖子。她把她那又苍白又瘦小的面庞埋进慕裳的怀里。

"妈，我不是要伤害你！妈！原谅我！原谅我！原谅我！"
她一迭连声地说。

泪水滑下了慕裳的面颊。

"雨婷，"她呜咽地，悲切地，却坚决地说，"你可以骂我
不知羞耻，但是，千万不要去责备他！"

"妈妈呀！"她惊呼着。

"我知道他有太太，我知道他有孩子，我知道他不能给我
任何世俗所谓的保障。但是，雨婷，我什么都不顾，我什么
都不管。情妇也罢，姘妇也罢，不论别人把我当什么，我只
知道一件事，这么些年来，只有在他的身边，我才了解什么
叫幸福！"

"妈妈呀！"雨婷悲叹着，"难道我的存在从没有给过你
快乐？难道我对你的爱不能使你感到幸福？"

"那是不同的！"慕裳急促地说，"雨婷，你不懂，我无
法让你了解，你的存在，你的爱，使我自觉是个母亲。而他，
他使我体会到，我不只是个母亲，还是个女人！雨婷，"她深
切地凝视着女儿，"你也一样，有一天，你也会从沉睡中醒过
来，发现你不只是个女儿，也是个女人！"

雨婷睁大了眼睛，一瞬不瞬地盯着慕裳，她的眼珠微微
转动，眼光在母亲的面孔上逡巡。她似乎在"努力"去试图
了解慕裳。

"你的意思是——"她闷声说，"当女人比当母亲更重要？"

"不一定。"慕裳的声音沙哑，"许多女人，会因为自己是
母亲，而放弃了当'女人'的另一些权利！"

"你呢，妈妈？"慕裳闭上了眼睛。

"如果你要我放弃，我会的。"

"但是，你会很痛苦？"她小心翼翼地问。

慕裳咬了咬牙。

"是的。"她坦率地说，喉咙中哽了一个好大的硬块，"会比你想象的更痛苦！"

"是吗！"她不信任地问，"他对你这么重要？"

"是的！"她肯定地说，皱拢了眉头，"不要让我选择，雨婷，不要逼我去选择！"

雨婷伸手握牢了母亲的手，她在惊痛中凝视着慕裳，在半成熟的情况中去体会慕裳那颗"女性"的心。终于，她有些明白了，有些领悟了，有些了解了……

"妈，我刚刚说错了，是不是？"她迟疑地问，"一个女儿的爱，也会伤害一个母亲？"她忽然坐起身来，把慕裳的手往外推，热烈地喊：

"你去追他去！留住他！别让他离开！去！快去！"

慕裳惊愕而疑惑地望着女儿，几乎不敢相信自己的耳朵。雨婷继续把她往外推。

"快去呀！妈！不要让我铸成大错，不要让我砍断了你的幸福！快去呀！妈！"

慕裳终于相信雨婷说的是真心话了，她满脸泪水，眼睛里却绽放着光华，不再说话，她转身就走出了雨婷的卧室。

在客厅里，夏寒山倚窗而立。他正呆望着河边的一个大挖石机出神。那机器从早到晚地操作，不断从河床中铲起一铲一铲的石子，每一下挖掘都强而有力。他觉得，那每一下挖掘，都像是挖进他的内心深处去。雨婷，那个又病又弱的孩子，却比这挖石机还尖利。她带来了最冷酷也最残忍的真实！他无法驳她，因为她说的全是真话！是的，他是个伪君子，他只想到自己的快乐，而忽略对别人的伤害！

慕裳走近了他。一语不发地，她用手臂环住了他的腰，把面颊依偎在他胸口，她的泪水浸湿了他的衬衫，烫伤了他。

他轻轻推开她，走向电话机。

"我要打个电话。"他说。

"打给谁？"

"小方。"

"小方是谁？"

"是我手下最能干的实习医生，我请他来代替我，以后，他是雨婷的主治医生。你放心，他比我更好！"

慕裳伸手一把压住了电话机，她脸上有股惨切的神情。

"你的意思是说，你以后不再来了？"她问。

他从电话机上，拿下了她的手，把那只手合在他的大手中。

"我必须冷静一下，我必须想想清楚，我必须计划一下你的未来……"

"我从没有向你要求过未来！"她急促地说，死盯着他，"你不欠我什么，一切都是我心甘情愿！"

他深深看着她，然后，他把她拉进了怀里。用一只手揽着她，他另一只手仍然拨了小方的电话。

"你还是要换医生？"她问。

"是的，我要为她找一个她能接受的医生！"

"她会接受你！"她悲呼着。

他把她的头压在自己的胸口，在她耳边说：

"嘘！别叫！我不会离开你，我想过，我已经无法离开你了。给雨婷找新医生，是因为——那小方，他不只是个好医生，还是个很可爱的年轻人。"

哦！她顿时明白了过来。紧靠着他，她听着他打电话的声音，听着他呼吸的声音，听着他心跳的声音……她闭上眼睛，贪婪地听着自己对自己说：这所有的声音混合起来，应该就是幸福的声音了。

第八章

初蕾和致文漫步在一个小树林里。

这小树林在初蕾家后面的山坡上，是由许多木麻黄和相思树组成的。在假日的时候，这儿也会有许多年轻人成群结队地来野餐。可是，在这种黎明时候，树林里却阒无人影。四周安静而清幽，只有风吹树梢的低吟，和鸟的啁啾，组合成一支柔美的音乐。初蕾坐在一块大石头上，她四面张望，晨间的树林，是雾蒙蒙的，是静悄悄的，那掠过树木，迎面而来的凉风里，夹带着青草和泥土的芳香。"你知不知道一支曲子，"初蕾忽然说，"名字叫《森林里的铁匠》？"致文点了点头。

"《森林里的铁匠》还不如《森林里的水车》。"他沉思地说，"打铁的声音太脆，但水车的声音却和原野的气息相呼应。你如果喜欢《森林里的铁匠》，你一定会喜欢《森林里的水车》。"

"你说对了!"她扬起眉毛,眼神奕奕,"致中说我不懂音乐,他要我听吉斯,听四兄弟,听卡彭特。可是,我喜欢赛门与葛芬柯,喜欢雷·康尼夫,喜欢奥莉维亚·纽顿–约翰,喜欢简·柏金……他说我是个没原则的听众,纯女性的、直觉的、笨蛋的欣赏家!呵!"她笑了,仰靠在一株小松树上,抬头望着天空。有朵白云在遥远的天际飘动,阳光正悄悄上升,透过树隙,射成了几道金线。"你没听到他怎么样贬我,把我说得像个大笨牛。"他悄眼看她,心里在低低叹息。唉!她心里仍然只有致中呵!即使致中贬她,致中糗她,致中不在乎她,致中惹她生气……她心里仍然想着念着牵挂着的,都是致中啊!他斜倚在她对面的树上,心里浮起了一阵迷惘的苦涩。半晌,他才咽了一口口水,费力地说:

"初蕾,我和致中彻底地谈过了。"

"哦?"她看着他,眼神是关怀而专注的。

"他说他不觉得自己有什么错,他说……"

"我知道了!"她很快地说,"他一定说我心胸狭窄,爱耍个性,脾气暴躁,爱慕虚荣,而且,又任性又蛮不讲理!"

他愕然,瞪视着她,一时竟不知说什么好。她眉梢微蹙,眼波微敛,嘴唇微翘……那样子,真使他心中激荡极了。假若他是致中,他决不忍心让她受一丁丁、一点点、一丝丝的委屈!他想着,忍不住就叹了口气。

她惊觉地看他,振作了一下自己,忽然笑了起来。

"我们能不能不谈致中?"她问。

嗨,这正是他想说的呢!他无言地微笑了。

她伸头看看他的脚边，那儿，有个包装得极为华丽的、正方形的纸盒，上面绑着缎带。她说：

"这就是你要给我的礼物吗？"

"是的。"

"是吃的，还是玩的？"她问，好奇地打量那纸盒。

"你绝对猜不到！"致文把盒子递给她，"你打开看吧！"

初蕾没有立即打开，她提了提盒子，不算很重，摇了摇，里面有个东西碰着纸盒响。她的好奇心被引了起来：

"我猜猜看：是个花瓶！"

他摇头。

"是个玩具！"

他又摇头。

"是个装饰品！"

他再摇头。"是件艺术品！"

他想了想，脸忽然红了。他还是摇头：

"也不能算，你别猜了，打开看吧！"

她没有耐心再猜了，低下头，她不想破坏那缎带花，她细心地把缎带解开，打开了盒子，她发现里面还套着另一个盒子，而在这另一个盒子上面，放着一张卡片，她拿起卡片，卡片上画着朵娇艳欲滴的，含苞待放的石榴花。她的心脏怦然一跳，石榴花，石榴花？石榴花！在遥远的记忆里有朵石榴花，致秀说过：

"这像你的名字，是夏天的第一朵蓓蕾！"

难道他知道这典故，还只是碰巧？她轻轻地抬起睫毛，悄眼看他。正好，他也在凝视着她，专注而又关心地凝视着她。于是，他们的眼光碰了个正着。倏然间，他的眼底闪过一丝狼狈的热情，他的头就垂下去了。于是，她明白了，他知道那典故！她慢慢地把卡片打开，发现那卡片内页的空白处，写着几行字：

　　　　昨夜榴花初着雨，一朵轻盈娇欲语。
　　　　但愿天涯解花人，莫负柔情千万缕！

　　她念着，一时间，不大能了解它的意思。然后，她的脸就滚烫了起来。天啊！这家伙已经看透了她，看到内心深处去了！他知道她的寂寞，她的委屈，她的烦恼，她的伤心！他知道她——那贪心的鲸鱼需要海洋，那空虚的心灵需要安慰。"但愿天涯解花人，莫负柔情千万缕！"他也知道，他那鲁莽的弟弟，并不是一个解花惜花之人啊！

　　她双颊绯红，心情激荡，不敢抬眼看他，她很快地打开第二个纸盒，然后，她就整个人都呆住了。

　　那是一件艺术品！一个用木头雕刻的少女胸像。那少女有一头蓬松飞舞的头发，一对栩栩如生的眼睛，一个挺秀的鼻子，和微向上翘的嘴唇。她双眼向上，似乎在看着天空，眉毛轻扬，嘴边含着盈盈浅笑。一副又淘气、又骄傲、又快活、又挑逗、又充满自信的样子。它那样传神，那样细致，那样真实……使初蕾越看越迷糊，越看越心动，越看越神往……这就是往日的那个"她"啊！那个不知人间忧愁的

"她"啊！那个充满快乐和自傲的"她"啊！曾几何时，这个"她"已悄然消失，而致文却把"她"找回来了！找回来放在她手里。她不信任地抚摸着这少女胸像，头垂得好低好低。她简直不敢抬起头来，不敢和他的眼光接触，也不敢开口说话。

"始终记得你那天在海边谈李白的样子。"他说，声音安静、沉挚而低柔，"始终记得你飞奔在碎浪里的样子。那天，这树根把你绊倒了，我发现它很像你，于是，我把树根带回了家里。我想，你从不知道我会雕刻，我从初中起就爱雕刻，我学过刻图章，也学过雕像。读大学的时候，我还去艺术系旁听过。我把树根带回家，刻了很久，都不成功。后来，我去了山上，这树根也跟着我去了山上。很多个深夜，我写论文写累了，就把时间消磨在这个雕像上面。昨天，我看到你流泪的样子，你把我吓坏了，认识你这么久，我从没看你哭过！回了家，我连夜雕好了这个雕像……"他的声音低沉了下去，像穿过林间的微风，和煦而轻柔，"我把那个失去的你找回来！我要你知道，那欢笑狂放的你，是多么迷人，多么可爱。"

他的声音停住了。

她的头垂得更低了，低得头发都从前额垂了下来。她紧抱着那胸像，好像抱着一个宝藏。然后，有一滴水珠落在那雕像上，接着，第二滴，第三滴……无数滴的水珠都落在那雕像上了。

"初蕾！"他惊呼，"怎么了？"

她吸着鼻子，不想说话，眼泪却更多了。

他走过来，蹲踞在她的面前，用手去托她的下巴。她把头扭开，不愿让他看到她那泪痕狼藉的脸。

"初蕾！"他焦灼地喊，"我说错了什么吗？"

她拼命摇头。他把手盖在她的手上。

"我冒犯了你？"他颤声问。

她再摇头。

"那么，你为什么哭？"他急切地说，"我一心想治好你的眼泪，怎么越治越多了？"她终于抬起头来，用手背去擦眼睛。她从来不带手帕，那手背只是把眼泪更胡噜得满脸都是。他从口袋里掏出了手帕，递给她，她立即把整块手帕打开，遮在脸上。

"你在干什么？"他不解地问。

"你回过头去！"她口齿不清地说。

"干吗要回过头去？"

"我不要你看到我这副丑样子，"她哼哼着，"你回过头去，让我弄干净，你再回头。"

"好。"他遵命地，从她面前站起身来，他转过身子，干脆走到好几棵树以外，靠在那儿。看山下的台北市，看太阳冉冉地上升，看炊烟从那千家万户的窗口升起来。他的头倚在树干上，侧耳倾听。他可以听到她那窸窸窣窣的整理声，振衣声，擤鼻子声……然后，是一大段时间的静寂，什么声音都没有了。她走了！他想，她悄悄地走了！他一定说错了话，他一定表达了一些不该表达的东西，他一定泄露了内心底层的某种秘密……他该死！他混蛋！他逼走了她，吓走了她！他顿时回过头来。立即，他吓了好大一跳。因为，她的脸就在他面前，不知何时，她就站在他身后了。她并没有走掉，她只是悄悄地站在那儿，眼泪已经干了，头发也整齐地掠在脑后。她把那胸像收回了盒子里，仍然用缎带绑着。她就拎着那盒子站在那儿，眼珠亮晶晶的，唇边带着个好可爱、好温柔、好腼腆的微笑。

"哦，"他说，"你吓了我一跳。"

"为什么？"她问。

"我以为……以为你走了。"他坦白地说，不知怎的，似乎被她唇边那腼腆的表情所影响，他也觉得有些局促，有些瑟缩起来。

"我为什么要走？"她微挑着眉毛，瞪着他，接着，她就嫣然而笑了。这笑容似乎很难得，很珍贵，他竟看得出神。"致文，"她柔声叫，"你实在是个好——好哥哥。"她把手插进他的臂弯中，"今天早上，我还和爸爸谈起你。"

他愣了愣。好"哥哥"，这意味着什么？

"谈我什么？"

"我告诉爸爸，你像我的哥哥。爸爸问我，哥哥的意思是什么？"

问得好！他盯着她，急于想知道答案。

"我说，哥哥会照顾我，体贴我，了解我，宠我……而男朋友呢？男朋友的地位跟你是平等的，有时，甚至要你去迁就他……"她深思地咬住了嘴唇，眼光又黯淡了下去，"致文，"她叹息地说，"你知不知道，我很迁就致中，甚至于，我觉得我有点怕他！"

哦！他心里一阵紧缩。原来，"哥哥"的意思是摈于"男朋友"的界线以外。很明显，他是"哥哥"，致中是"男朋友"！本来嘛，他上山前就已经知道这个事实，为什么现在仍然会感到失意和心痛？难道自己在潜意识里，依旧想和致中一争长短吗？

"喂，致文，"她摇撼着他的手臂，"你在发什么呆？你听到我说的话了吗？"

"是的，听到了。"他回过神来，凝视着她，闷闷地回答。

"致中的脾气很坏，"她继续说了下去，"他任性，他霸道，他固执，而且，有时候他很不讲道理。但是，他的可爱也在这些地方，他有个性，他骄傲自负，他很有男儿气概……"她忽然住了口，因为，她发现他那紧盯着她的眼光里，有两簇特殊的光芒在闪烁，他的眼睛深邃如梦，使她的心脏一下子就跳到了喉咙口。这眼光，这令她迷惑的眼光，像黑夜的潮水，正对她淹过来，淹过来，淹过来……她不只是停住了说话，也停住了走路，她不知不觉地站在一棵桉树前面。

他也站住了。

"初蕾！"他忽然喊，喉咙沙哑而低沉。

"嗯？"她迷惘地应着。

"我有个问题必须要问你。"

她点点头。

"你——"他费力地，挣扎地，一个字一个字地说，"你有没有可能弄错？"

"弄错什么？"她不解地扬着睫毛。

"你对'哥哥'和'男朋友'所下的定义！"他终于冲口而出，屏住了呼吸。

她愕然地睁大了眼睛，一时间，完全弄不清楚他的意思。她那对黑白分明的眸子，带着抹茫然的困惑，愣愣地看着他。这目光把他给击倒了，那么坦坦然、那么荡荡然的目光，那么纯洁的、无私的目光，他在做什么？他在诱惑他弟弟的女朋友吗？他的背脊上冒出了凉意：你卑鄙！你下流！你可恶透顶！但是，他每根神经，都紧绷着在期待那答案。

"你说清楚一点，"她终于开了口，迷惘而深思地，"我弄错了定义？你的意思是说——我可以不迁就男朋友，还是说……"

"哦！"他透出一口气来，心脏沉进了一个冰冷的深井中，他嗒然若丧而心灰意冷，他的眼光硬生生地从她脸上移开了，"别理我了，我问了一个很无聊的问题！"他说，咬紧了牙关。

她斜睨着他，脑子里还在萦绕着他的问题。她觉得头昏昏的，像个钻进死巷里的人，怎么绕都绕不出来。她甩甩头又摇摇头，想把他的问题想清楚。

"我弄错了定义？"她喃喃自语，"那就是说，男朋友也可能宠我，了解我……也就是说，致中应该宠我，了解我……"

"我说别管它了！"他大声说，打断了她，"喂！"他很快地抓了个话题，"致秀和赵震亚是怎么回事？"

初蕾的思想被拉了回来。

"他们吗？吹了。"

"怎么吹的？"

"因为小方医生出现了。"

"小方医生是什么人？"他在一块石头上坐下来。

"小方医生吗？"她停在他面前，侧头看他，"噢！说来话长！"她忽然扑伏在他膝前，半跪在草地上，热烈地望着他，"你很坏！"她急促地说，"你抛弃了我们三个月！而这三个月之间，发生了好多好多事情，说都说不完。我和致中、致秀和小方医生！哦，太多事了！你很坏，你不是个好哥哥，你以后再也不可以了，再也不可以离开我们！因为——我很想念你！"

他瞪着她，刚刚平稳下来的思潮，又一下子就被扰乱了，扰乱得一塌糊涂，简直整理不起来了。他用舌尖润着嘴唇，费力地说：

"你很——想念我，真的？"

"当然真的！"她心无城府地，坦率地说，"我每天都问你妈，你什么时候才会回来，问得致中都冒火了。"

"致中为什么冒火？"他愣愣地问。

"他以为我爱上你了哦！"她笑着说。

他猛力地一甩头，完全忘了身后是棵大树，脑袋就在树干上撞了一下。初蕾惊呼：

"你怎么了？"

"没什么。"他敲敲脑袋，"我今天有点昏头昏脑。你别理我吧！"她站起身来，看看他，又看看手表，忽然惊跳。

"糟糕！"她说，"我这个糊涂虫！"

"什么事？"

"我今天要去学校注册呢！"她喊着，"我居然忘了个干干净净！"她从地上抱起了那个纸盒，匆匆地说，"我要走了，不能跟你聊了！改天，我再告诉你小方医生的故事，还有其他很多很多的事……"

"好，"他点点头，"你去吧，我还想在这儿坐一会儿！"

她转身欲去，忽然又停住了，俯下头来，她飞快地在他额上印下一吻，就像她常对夏寒山所做的动作一样。然后，她在他耳边低低地，充满了感情地说：

"谢谢你给我的礼物！你不知道我有多喜欢，喜欢得快发疯了，喜欢得都哭了！"

他说不出话来，脑子里又开始混乱，混乱得一塌糊涂！混乱得毫无头绪。

她抱着纸盒走了。心里的郁闷已一扫而空，她觉得欢乐，觉得充实，觉得满足……为什么有这种情绪，她却没有去分析，也没有去思考。她几乎是连蹦带跳地走出了那树林，嘴里还不自禁地哼着歌。刚走出树林，她就听到一声深幽的叹息。这叹息声使她心中莫名其妙地一震，就本能地回过头去。致文正靠在一棵松树上，从口袋里不知掏出了一件什么东西，在那儿很稀奇地审视着。他那古怪的表情把她的好奇心全勾了起来，他在研究什么？她蓦然拔起脚来，飞奔回致文身边。

"你在看什么东西？"

致文吃了一惊，很快地把那样东西握在掌心中，掩饰地摇摇头，口齿不清地说：

"没什么。"

"给我看！"她叫着，好奇地去抓他的手，"给我看！什么宝贝，你要藏起来？"

他瞪着她。

"没什么，"他模糊地说，"我不知道它还在，我以为早就丢掉了。"他摊开了手掌，在他那大大的掌心中，躺着一颗鲜艳欲滴的、滴溜圆的红豆。

"一颗红豆！"她惊奇地喊，审视着他，他那古怪的眼神，和他那若有所思的面容，以及红豆本身所具有的罗曼蒂克的气氛，把她引入了一个假想中。"我知道了。"她自作聪明地说，"是不是那个为你当修女的女孩子送你的？"

"为我当修女？谁？"他愕然地问。

"致秀说，你念大学时，有个女同学为你当了修女！为什么？你能说给我听吗？"

"从没有这种事！"他坦然地叫，"那女同学是个宗教狂，自己要当修女，与我毫无关系，你别听致秀胡说八道！她专门会夸张事实！"

"那么，"她盯着他，"谁送你的红豆？"

"没有人。"他沉声说，"我捡到的。"

"你捡到的？你捡一颗红豆当宝贝？我告诉你，我们学校就有棵红豆树，红豆在台湾根本不稀奇……"

"是不稀奇，"他闷闷地说，眼光望向遥远的天边，"有时候，你随意捡起一样东西，说不定就永远摆脱不掉了。"

"你在说什么？我不懂。"

"我没有要你懂。"

她仔细地审视他，点点头。

"我非走不可了，"她转过身子，"改天，你再告诉我这个故事。"

"什么故事？"

"一颗红豆。"她说，凝视他，"这一定有个故事的，你骗不了我，改天你要告诉我！"

她走了。

他愣住了。呆站在那儿，他好一会儿都没有意识，只是下意识地把手握紧，红豆紧贴在他手心中，像一把烧红了的烙铁，给他的感觉是滚烫、火热和炙痛。

第九章

秋天来了。

晚上，梁家沐浴在一片和谐里。

梁太太是北方人，最是擅长于做面食，举凡饺子、馒头、馅饼、锅贴……她无一不会。她是个标准的家庭主妇，也是个标准的贤妻良母，在她这一生，最快乐的事也莫过于做一桌子吃的，然后看着丈夫儿女围桌大嚼。因为这种快乐她几乎天天可以享受到，她就满足极了，终日笑口常开。梁老先生常说，"家有贤妻"是整个家庭的幸福。他和他的妻子是配对了，两人都是豁达的天性，两人都是纯中国式的人，具有中国人传统的美德。这美德以现代人的观点来看可能是落伍，对梁氏夫妇而言，却维持了他们大半生平安而和谐的岁月。这传统美德总共起来只有八个字：与世无争，知足常乐。

这天晚上，梁太太又做了一桌子吃的，她烙了葱油饼，又做了芝麻酱饼。蒸了蒸饺，又下了水饺。煮了汤面，又炒了炒面。另外，还有满桌子的菜，酱肘子、红烧肉、炒鸡丁、煨茄子……把整个餐桌都放满了。梁先生看得直发愣，对太太笑呵呵地说：

"你有没有老糊涂啊？甜的，咸的，汤的，水的，南方的，北方的……你弄了一桌子大杂烩呀！"

"你不懂！"梁太太笑着说，"咱们家的孩子爱吃北方东西，可是，人家初蕾是南方人，就算初蕾吃惯了咱们家的口味吧，那个小方医生，还是第一次来我们家吃饭呀！"

"第一次来我们家，你就弄了个不伦不类。"

"不伦不类吗？"梁太太看着桌子，自己也好笑了起来，"怕他不吃这个，又怕他不吃那个，我是想得太周到点儿，反而弄得乱七八糟……不过，"梁太太颇会自我解嘲，"每样东西都蛮好吃的，不信你试试？"

梁先生早就有意试试，一听之下，立即吃了个蒸的，又吃了个煮的，吃了甜的，又吃了块咸的，吃了汤的，又去喝水的……直到梁太太直着脖子喊：

"你要干吗？把满桌子的东西都吃光吗？咱们不待客了呀？"

"你不要把他们当客，"梁先生含着满口食物，口齿不清地说，"他们将来都是一家人，应该他们伺候你，可不是你伺候他们！"

"嘘，快别说，当心他们听见！"梁太太慌忙阻止丈夫，"我宁愿伺候他们，只要他们都快快乐乐的。何况，你不要我伺候他们，我还不知道自己能做什么！"

"我看呀，你是个劳碌命，有儿有女，你就不会享享福……"

梁先生的"议论"还没发完，致秀从客厅跑进了餐厅，对母亲急急地说：

"妈，要不要我帮你的忙？"

"哟，什么时候变得这么勤快？"梁先生打趣地问，"想表现给人家看吗？"

"哎呀，不是。"致秀扭了扭身子，"妈一个人忙，咱们大家等着吃，不好意思。"

"是不是都饿了？"梁太太善解人意地问。

"倒不是饿，"致秀脸红了，悄声说，"我们早点开饭吧，小方晚上八点钟，还要赶到水源路去给一个病人出诊，现在已经七点多了。"

"噢，七点多了吗？"梁太太惊呼，"可是，致中和初蕾回来了没有？"

"他们去看四点多钟的电影，应该马上就到家了。"

"好，我马上开饭，致中一回来就吃！"梁太太利落地说，立即手脚麻利地忙碌了起来。

"我来帮你！"致秀说。

"别别别！"梁太太慌忙把致秀往外面推，"你还是回到客厅里去陪方昊吧，你在这儿，反而弄得我碍手碍脚！去去去！"

致秀笑着退回客厅。小方正和致文谈得投机。她走过去，给致文和小方的茶杯都兑满了热开水，致文微笑地看致秀，点点头说：

"难得殷勤！我沾了小方的光。"

"大哥！"致秀笑着对他瞪眼睛，"你别没良心了！说说看，一向谁最偏你？你每次开夜车，谁给你送宵夜？你问问小方，我昨天对他说什么来着？"

致文看向小方。

"她夸我了，"他问，"还是骂我了？"

"没夸你，也没骂你，"小方笑吟吟地，"只是命令我去为你办一件事！"

"喂，"致秀嚷，"谁'命令'你了？我是'拜托'你！"

"是拜托吗？"小方挑着眉毛，哼哼着，"皇帝'拜托'臣子去做事的意思是什么？她拜托我，就是这种拜托法。我不能对她说'不'字的。"致秀笑了，一边笑，一边推了小方一把，眼睛斜睨着他，里面却盛满了温情，"好像你从没有对我说过'不'字似的！"她叽咕着。

"我说过吗？"小方反问，"你举举例看！"

致秀的眼珠转了转，笑笑走开了。站在窗子前面，她对窗外张望着，显然有些着急，她嘴里在自言自语：

"这个二哥，四点钟的电影怎么看到现在？八成和初蕾跑到别的地方去玩了，如果不回家吃饭，也该打个电话回来呀！"

致文微怔了一下，情绪忽然就低落了下去。他望着小方，正想问他，到底致秀"命令"他做了件什么事。致秀却忽然打窗前回过身子来，对小方没头没脑地说：

"喂，小方，吃完饭你别去水源路了，咱们到夜总会跳舞去，好不好？"

"不行！"小方不假思索地说，"看病的事不能开玩笑，那个病人又是天下最麻烦的！"

小方啊，你中计了！致文想，忍不住就微笑了起来。果然，致秀一下子就跳到小方身边，拊掌大乐：

"你看你看！还说从没有对我说'不'字呢！大哥，你做证，以后他再犟嘴，你帮我证明。"

"哎呀！"小方会过意来，就也笑了，转向致文说，"你这个妹妹怎么这样调皮？"

"她本来是挺乖的，"致文说，"都是跟初蕾学坏了！"

"好啊，"致秀看着致文，"你说初蕾坏，当心我待会儿告诉初蕾去！人家可把你当亲哥哥一样崇拜着！"

致文呆了呆，脸上不自禁地就有些变了颜色，致秀心中一动，立即后悔了。可是，说出口的话又无法收回，她仓促地转向小方，很快地转换话题：

"小方，你告诉大哥啊，告诉他我拜托你做什么来着？让他知道，他这个'坏'妹妹，对他有多'好'！"

致文回过神来，勉强振作了一下自己，他用询问的眼光望着小方，唇边带着个浅浅的微笑。

"她命令我给你做媒呢！"小方笑得爽朗而开心，"她要我在医院的护士中，帮你选一个物件。还开了一张单子给我，我还没看过呢，正好看看写些什么。"小方在口袋中搜寻了半天，找出一张单子来，他打开纸条，逐条地念，"第一，年龄是十八岁至二十四岁；第二，身高要一百六十厘米以上；第三，体重要在五十二公斤以下；第四，相貌必须出众；第五，幽默风趣，能言善道，对中国文学有研究的；第六，本性善良，活泼大方，不拘小节而又温柔可爱的；第七……喂喂，"小方停止了念条子，瞪着致秀说，"这个女孩子不用去找了，有现成的！要找，你打着灯笼也找不到！"

"哪儿有现成的？"致秀问。

"你啊！"小方说，"如果我身边那些护士里面，有这种条件的，我还会来追你吗？"

"贫嘴！"致秀笑着骂，眼睛里却流泻着得意和满足，"下面呢？你再念呀！"

"不用念了。"致文说，深深地看了致秀一眼，"致秀，"他沉声说，"好意心领！请不要再为我操心！"

"怎么能不为你操心？"致秀冲口而出，"看你！又不吃又不睡，越来越瘦……"

"致秀！"致文喊。

致秀蓦然停住了嘴，正好，梁太太围着围裙，笑嘻嘻地推门而入。

"怎么样？"梁太太说，"要不要吃饭了？"

"致中还没回来呢！"致文说。

"我看，别等他们了！"梁太太看看手表，"都快八点了，小方还有事呢！他们呀，准是临时又想起什么好玩的事情来，不回家吃饭了！来吧，咱们先吃吧！"

大家走进了餐厅，梁太太不好意思地看看小方，说：

"小方，不知道你的口味，只好随便乱做，你要是有不爱吃的东西就别吃，用不着跟我客气！"

"我这个人呀，"小方举着筷子，满脸的笑，"天上飞的东西里我不吃飞机，地上跑的东西里我不吃汽车，水里游的东西里我不吃轮船，其他的都吃！"

桌子上的人全笑了。致秀又瞪他：

"这个人已经不可救药了！"她说，转向父亲，"爸，你原谅他一点，他贫嘴成习惯了！"

"放心，"梁先生望着他的女儿，"他不贫嘴，也骗不到我的女儿了！"他坦率地又加了一句，"有个贫嘴女婿还是比有个木头女婿好些！"

"爸呀！"致秀红着脸叫，埋怨地低声叽咕，"说些什么嘛？"

小方这下可乐了，无形中，自己的身份似乎大局已定，他就冲着致秀直笑，他越笑，致秀的脸越红。致秀的脸越红，他就越笑。梁氏夫妇看在眼里，也忍不住彼此交换眼光，笑得合不拢嘴。

一餐饭就在这种欢笑的、融洽的气氛下进行。到了酒足饭饱，差不多已杯盘狼藉的时候，门铃突然急促地响了。致文跳起来说：

"糟糕，致中和初蕾没东西吃了！"

"不要紧，不要紧，"梁太太说，"我早就留下他们的份儿了。有包好的饺子，只要烧了水下锅就行了。"

致文冲到门边开了门，立即，门外就传来致中那暴躁的低吼声：

"你给我进来！"

"我不要，我要回家！"初蕾的声音里带着哽塞。

致文愣在门口，还没弄清楚是怎么回事以前，致中已经怒气冲冲地拉着初蕾的手腕，把她给硬拖进了房门。初蕾身不由己地被扯进客厅，她的脸涨得通红，眼眶也是红红的，她被抛进了沙发，靠在那儿，她用手揉着手腕，整个手腕上都是致中的指痕，她咬住嘴唇，面对着一屋子的人，她似乎有满腹委屈，却无从说起的样子。她那对水汪汪的眼睛眨呀眨的，泪珠只是在眼眶里打转。

"致中，你疯了？"梁太太惊呼着，"你在干什么？欺侮初蕾吗？"

"二哥！"致秀也叫，跑过去揽住初蕾，"你怎么永远像个凶神恶煞似的？你干吗拉她扯她？你瞧你瞧，把人家的手臂都弄肿了！"

"好呀！"致中在房间中央一站，昂着头说，"你们都骂我，都怪我吧！你们怎么不问问事情的经过？我告诉你们，我伺候这位大小姐已经伺候得不耐烦了……"

"二哥！"致秀警告地喊。

"你别对我凶！"致中对致秀喊了回去，横眉竖目的，"我们去看电影，今天周末，全台北市的人大概都在看电影，大小姐要看什么《往日情怀》，我排了半天队买不着票，我说，去看《少林寺》，她说她不看武侠片，我说去看《月夜群魔》，她说她不看恐怖片！我在街上吼了她一句，她就眼泪汪汪，像被我虐待了似的。好不容易，买到《月夜群魔》的票，她在电影院里就跟我拧上了，整场电影她都用说明书盖在脸上，拒看！她拒看她的，我可要看我的！但是，那特殊音响效果一响，她就在椅子上直蹦直跳。看了一半，她小姐说要走了，我说，如果她敢走，咱们两个就算吹了。哗，不得了，这一说完，她在电影院里就稀里哗啦地哭上了，弄得左右前后的人都对我们开汽水，你们想想我这个电影还怎么看？好吧，我的火也上来了，今天非看完这场电影不可！看完了，她居然跳上计程车，要回家去了。我把她从车上拉下来，问她还记不记得答应了我妈，要回家吃晚饭？你猜她怎么说，她站在马路当中，对着我叫：不记得了！不记得了！不记得了！……连叫了一百八十句不记得了！你不记得也要记得，我拖着她上摩托车，她就跟我表演跳车……呵，简直跟我来武的嘛，那么我们就斗斗看，看是她强还是我强！怎么样，"他重重地一甩头，"还不是给我拖回家来了！"

他这一大番话连吼带叫地说完，初蕾的脸色一阵红一阵白变了好几次，等他说到最后一句，她就像弹簧一般从沙发上直跳起来，闪电似的冲向大门口。致秀慌忙扑过去，把她拦腰抱住，赔笑地说：

"初蕾，你别走，你千万不能走！看在我妈面上，看在我面上，你都不能走！我妈还给你留了饺子呢！我二哥是疯子，你别理他，待会儿我要他给你赔罪……"

"我给她赔罪？"致中怪叫，"哈，我给她赔罪，休想！

我还要她给我赔罪呢……"

"致中！"致文忍无可忍，低吼了起来，"你怎么这样不讲理，简直莫名其妙！"

"我莫名其妙？"致中直问到致文脸上去，"我怎么不讲理？我怎么莫名其妙？她要小姐脾气，我就该打躬作揖在旁边赔小心吗？我可不是那种男人！她如果需要一条哈巴狗当男朋友，她就该到什么爱犬之家去选……"

"不像话！"梁先生跌脚说，"这个浑球，越说越不像话！"

小方过去拉住了致中的衣袖，用手护着自己的下巴，劝解地说：

"你就少说一句吧！致中，不是我说你，对女孩子，你就该让着点儿……"

"让！"致中又吼，"我为什么该让？再让下去，我还有男人气吗？你们听过经过情形，你们评评理，是她错还是我错……"

"当然是你错！"致文冲口而出。

"我怎么错？"致中又问到致文脸上来。

"她不要看恐怖电影，你为什么要勉强她？"致文怒声问，"你喜欢看是你的事，她凭什么该迁就你？如果她害怕看，她不敢看，她也有义务陪着你在那儿受罪吗？只因为你是男子汉大丈夫，她就得跟在你身边当小奴隶？我看，你才需要去爱犬之家选一个呢……"

哇的一声，一直咬紧牙关不开腔的初蕾，听到致文这几句话，突然放声大哭了起来，泪珠像泉水般涌出来，奔流在脸上，她扑伏在致秀的肩上，哭得个气塞喉堵。致中又火了，他跳着脚说：

"哭哭哭！就会哭！我他妈的真倒霉！认识她的时候，看她嘻嘻哈哈的很上路，谁知道原来是个泪罐子，要是我早晓得她这么爱哭……"

"二哥！"致秀跺着脚喊，"你说不完了是不是？"

致文向前跨了一步，憋着气说：

"致中，你反省一下吧！你怎么会把人家弄成这样子？你也太跋扈了，太自私，太冷酷……"

"好，好，好，"致中怒吼，"都说我不对，都派我的不是，她还没姓我家姓，已经骑到我头上来了！"

初蕾推开致秀，满面泪痕，她抽抽噎噎地说：

"你放心，我再没出息，也不会要姓你家姓！"

"你说的？"致中的脸涨红了，"你的意思是什么？你说说清楚，如果要分手……"

"分手就分手！"初蕾忍无可忍，大叫了出来，"我再也不要理你，我再也不要见你！"

致中直跳起来，正要说什么，小方用力把致中一拉，直拉向门外去，嘴里飞快地说：

"走走走！你陪我出去一趟！我要去看个很无聊的病，你正好陪我去……"他忽然看着致秀，深思地说，"致秀，你愿不愿意也陪我去一趟？"

"我？"致秀有点愕然，"你去看病，拉扯上我们干什么？"

"因为……"小方有点碍口，"因为有个原因，那病人很特别，我……需要你的说明。"

"是吗？"致秀好奇地问，"我帮得上忙吗？"

"是的。是个特殊的病例，我在路上讲给你听！"

致秀把初蕾推到沙发上，按进沙发中，笑着对她说：

"你可不许走，坐在这儿等我。"她抬眼看着母亲，"妈，人家初蕾还没吃晚饭呢！"

"哎哟，我都忘了！"梁太太慌忙往厨房走，"我下饺子去！"

初蕾用手背抹抹眼泪，低声说：

"不用了，我要回家了。"

致秀把嘴巴附在初蕾耳朵边，悄悄说：

"你跟我二哥生气没关系，总得给我妈一点面子。她老人家从早就念叨着，说你爱吃韭菜黄，特别给你包了韭菜黄的馅。你别生气，我把二哥带出去，好好训他一顿，非让他跟你道歉不可。"

初蕾低着头，不再说话。于是，致秀和小方，拉扯着致中走了。

他们一走，室内突然安静了下来。梁先生把手按在致文肩上，说：

"你安慰安慰初蕾，你们年轻人，比较谈得来！"说完，他也退进了卧室。

客厅中只剩下初蕾和致文两个。一时间，两人都没有开口，室内好安静好安静。初蕾蜷缩在沙发里，看来不胜寒苦，她面颊上泪痕未干，手腕上全是和致中挣扎时留下的伤痕，她睫毛低垂着，那睫毛是温润而轻颤着的。致文一瞬不瞬地凝视着她，忍不住发出一声长长的叹息。

他这声叹气惊动了她，她抬起睫毛来看他，一句话也没说，新的泪珠就又涌进了眼眶里。他慌忙掏出自己的手帕递给她，她默默地接过去，擦眼睛、鼻子，她用手指在沙发套上无意识地划着，低低地说：

"我本来不爱哭的，而且，最讨厌爱哭的人！我不知道自己怎么会变成这样子，我告诉过自己几百次，不要哭不要哭不要哭……我也知道致中受不了爱哭的女孩，可是，到时候，我就忍不住……"

他伸手压住她的手，给了她紧紧的、怜惜的一握。她那含泪含愁的眸子使他的心脏绞痛，他吸了口气，不假思索地说：

"如果你是我的女朋友，我不会让你掉一滴眼泪！"

她很快地抬起头来看他，眼里闪过了一抹光芒。第一次，她似乎若有所悟，她眼里有着询问和疑惧的神色。她嚅动着嘴唇，想说什么，却始终说不出口。他紧盯着她，恨不能把她拥进怀里，恨不能吻去她面颊上的泪痕。如果——如果致中不是他的亲弟弟！他咬牙苦恼地把头转开，猝然从她身边站起来，一直走到窗子前面去。点燃了一支烟，他猛然地喷吐着烟雾。

"饺子来了！饺子来了！"梁太太捧着一碗热腾腾的水饺走出来，笑嘻嘻地说，"初蕾，快趁热吃！我告诉你，人在肚子饿的时候，什么事都不对劲，包你吃了东西之后，会觉得好多了！"

　　初蕾情不自禁地站起身，从梁太太手中接过水饺。透过那蒸腾的雾气，她悄眼看着致文，他仍然一动也不动地站在窗前，在那儿继续吞云吐雾。

第十章

　　初蕾有整整半个多月没有见到梁家的人，更没有见到致中了。自从上次为了看电影不欢而散以后，她就把自己深深地隐藏了起来。大学四年级的哲学系，已经到了做专题研究的时期，除了一门"形上学"，和一门"哲学专题"之外，她根本就无课可上。因而，她去学校的时间也少。如果不事先约定，她根本就遇不到致秀。虽然，致秀也打了好几个电话给她，问她：

　　"你真和我们家绝交了，是不是？"

　　她只是轻叹一声，回答说：

　　"不是。"

　　"那么，为什么不来我家玩了？"

　　她咬咬牙。你那个二哥并没有来道歉呀！她心想，难道爱情里，必须抹杀自尊和自我吗？必须处处迁就处处忍让吗？如果她真能为致中做到没有自我，她的"本人"还有什么价值？而且，她又做得到吗？不，她明白，她做不到，她太要强，她太好胜，她的自尊心太重……而致中，他已经把她所有的好强好胜及自尊心，都践踏得粉碎了。多日以来，她心中就困扰地、不断地在思索着这些问题，而在那被践踏的屈辱里，找不出自己这段迷糊的爱情中，还有任何的生机。

"致秀，"她叹着气说，"不要勉强我，让我冷静下来，好好地想一想。"

"你不用想了，"致秀简单明快地说，"我了解，你只是这口气咽不下去，你放心，我一定说服二哥来跟你道歉！"

原来，他还需要"说服"。她挂断电话，更加意兴阑珊，更加心灰意冷。致中仍然没有来道歉。

初蕾在这些"沉思"的日子中，既然很少去学校，又很少出游，她就几乎整天都待在家里，偶尔，她也会独自到屋后的小树林里去散散步。在家里的时间长了，她才惊觉到这个家相当冷清。父亲每日清早出门，深更半夜才会回家，甚至，当"医院里忙的时候""有手术的时候""有特殊急诊的时候"……他就会彻夜不归。而且，不记得是从什么时候开始，母亲取消了禁令，她在每间卧室里都装上了电话分机。

"免得你们父女两个半夜三更跑楼梯。"

于是，父亲半夜出诊的机会也多了。

发现父亲永远不在家，初蕾才能略微体会到母亲的寂寞。家里人口少，厨房里的工作有阿芳做。母亲经常都是一清早就起身，把自己打扮得清清爽爽，然后就在那偌大的一座房间里，挨去一个长长永昼。初蕾不记得自己是什么时候，曾经撞见父母在床上亲热的了，那似乎是一个世纪的事，那时，她还不曾从欢乐的小女孩，变成忧郁的、成熟的少女。难道，她在转变，父母也在转变吗？

这天上午，她看到母亲在客厅的咖啡桌上玩骨牌。她经常看到母亲玩骨牌，一个人反反复复地洗牌，砌牌，翻牌，再细心地研究那牌中的哲理。母亲有一本书，名叫《牙牌灵数》，母亲就用这本书和牙牌来算卦。她常想，这是件很无聊的事情，因为，你如果一天到晚在问卦，那书中的每一副卦你都该问全了。那么，有答案也就等于没有答案了。

"妈！"她走过去，坐在念苹身边，"你在问什么？"她伸长脖子，去看母亲手里的书。

"随便问问。"念苹想合起书来。

"你问的是哪一卦？"她固执地问，从念苹手中取过那本书。

念苹看了女儿一眼，默默地，她伸手指出了那一卦。初蕾一看，那卦是"中平，中下，中平"。再看那文字，上面是首似诗非诗，似偈非偈的玩意儿：

明明一条坦路，就中坎陷须防。

小心幸免失足，卒履不越周行。

她连念了两遍，不大懂。再去看这一卦的"解"，又是一段似诗非诗，似偈非偈的玩意儿：

宝镜无尘染，如今烟雾昏。

若得人磨拭，依旧复光明。

旁边还有一行小字，是"断"：

蜂腰鹤膝，屈而不舒。

见兔顾犬，切勿守株。

失之东隅，收之桑榆。

她念完了，心里若有所动，抬起头来，她看着念苹，深思地问：

"妈，你的问题是什么？问爸爸的事业？"

念苹笑了，把书合拢，把那码成一长排的牙牌也弄乱了，她站起身来说：

"无聊，就随便问问。"

初蕾看着那骨牌，忽然说：

"这个东西怎么玩？我也想问一卦。"

"是吗？"念苹凝视她，没有忽略她最近的憔悴和消瘦，更没忽略她那因失眠而微陷的眼眶，以及那终日迷惘困惑的眼神。她重新坐了下来，"你洗牌，在内心问一个问题，我来帮你看。"

初蕾遵命洗牌、码牌、翻牌，在母亲的指导下做这一切，也在那指导下合目暗祷苍天，给她一个答案。然后，她问的卦出来了，竟然是"上上，中平，中下"。看牌面就由高往低跑，她心中不大开心。翻开书，卦下就醒目地印着一行字：

从前错，今知觉，舍旧从新方的确。

她怔了怔，再去看那首诗：

天生万物本难齐，好丑随人自取携。
诸葛三君龙虎狗，乌衣门巷有山鸡。

她皱起了眉头，把书送到母亲面前。

"妈，它写些什么，我根本看不懂！什么狗呀，老虎呀，山鸡呀，我又不是问打猎！"

"那么，你问的是什么？"念苹柔声问，用手去抚弄初蕾的头发。

初蕾的脸蓦地涨红了。她拿着书，又自顾自地去看那两行"解"：

疑疑疑，一番笑复一番啼。
海市蜃楼多变幻，念头拿实莫痴迷！

她困惑地把这两行字反复念了好几遍，又去看那旁边小字印的"断"：

决策未定有狐疑，一番欢笑一番啼。

文禽本是山梁雉，错被人呼作野鸡！

她把书合拢，丢在桌上，默默地发呆。念苹悄悄地审视她，不经心似的问：

"它还说了些什么？"

"看不大懂。"初蕾从沙发里站起身来，"它的意思大概是说，我本来是只天鹅，可是有人把我当丑小鸭！"她摇摇头，笑了，"这玩意儿有点邪门！它是一种心理学，反正问问题的人都有疑难杂症，它就每首诗都含含蓄蓄地给你来一套，使人觉得正巧搔住你的痒处，你就认为它灵极了。"

"那么，它是不是正巧搔到你的痒处了？"

初蕾的脸又红了红，她转身欲去。

"不告诉你！"

念苹淡淡地笑了笑，慢腾腾地把牙牌收进盒子里，慢腾腾地收起书，她又慢腾腾地说了句：

"现在，没有人会把心事告诉我了！"

初蕾正预备上楼，一听这话，她立即收住脚步，回头望着母亲，念苹拿着书本和牌盒，经过她的身边，也往楼上走。她那上楼的脚步沉重而滞碍，背影单薄而瘦弱。在这一刹那间，她深深体会出母亲的寂寞，深深体会出她那份被"遗忘"及"忽略"的孤独。她心底就油然生出一种深刻的同情与歉疚。

"妈！"她低喊着。

念苹回头看看她，微笑起来。

"没关系，"她反而安慰起初蕾来，"每个女儿都有不愿告诉妈妈的心事，我也是这样长大的。我懂！初蕾，我没有怪你。"

念苹上楼去了。

初蕾扶着楼梯的柱子，一个人站在客厅中发怔。半晌，她跺了一下脚，自言自语：

"有些不对劲，非找爸爸谈一次不可！"

她踩上一级楼梯，心里恍恍惚惚的，今天又没课，今天该干什么？她靠在楼梯扶手上出神。隐隐地，有门铃声传来，她没有动，也没有注意。然后，她听到阿芳在说：

"小姐，梁家的少爷来了！"

她的心脏怦然猛跳，她倏然回头，厉声说：

"阿芳，告诉他我不在家！"

"何苦呢！"一个声音低沉而叹息地响了起来，"致中得罪了你，并不是我们梁家每个人都得罪了你呵！"

她立即抬头，原来是致文！他斜靠在墙上，正用他那对会说话的眼睛深深地、深深地瞅着她。她那颗还在怦怦乱跳的心脏，却更加跳得凶了。某种难解的喜悦一下子就奔窜到她的血液里，使她整个人都发起热来。她奔下楼梯，一直走到他面前。

"是你？"她微笑着说，"我不知道是你呀！"

"你以为是致中？"他问，眼珠更深更黑了，"那么，我让你失望了？"

"胡说！"她亲切地拉住他的手，把他拉向沙发，"如果是致中，我不会让他进门！"

致文靠进沙发里。阿芳倒了杯茶来，就悄然地退开了。初蕾仔细地审视致文，她发现他下巴上贴了块橡皮膏，整个下巴都有些红肿，她就惊奇地伸手去碰碰那下巴，愕然地问：

"怎么回事？你和人打架了？"

他把头侧了侧，眼光微闪了一下。

"不，不是。"他吞吞吐吐地。

"那怎么会弄伤了？"她关心地看他，侧着头，去研究那伤痕，"摔跤了？还是给车撞了？"

"不，不是，都不是。"他摇摇头，握住她那在自己下巴上轻抚的手，"是……是我在雕刻的时候，不小心用雕刻刀戳到了。"

"雕刻？你又在刻什么东西？"她好奇地。

"刻……刻……刻一个小动物。"

"什么小动物？"

"一只……一只兔子！哦，不是，我在刻一只狗熊！"

她紧紧地盯着他，大眼睛一瞬不瞬。

"你今天怎么了？"她问，"为什么每句话都吞吞吐吐？"她用手轻抚他的手，"你从来不会撒谎，致中撒谎时面不改色，你做不到。你一撒谎，脸色也不对，语气也不对了。只是——我不知道你哪一句话是谎话！"

他迎视着她的目光，叹了口气，他把头转开了，笑容从他的唇边隐去。

"我在你面前是什么秘密也藏不住的，是不是？"他说。靠进沙发里，从怀中取出一支烟，"是的，"他闷声说，"我和人打架了!"

她惊跳了一下。

"你怎么会打架? 你一定打输了。"

"是的,打输了。否则,也不会挂彩了。"

"你和谁打架?"

"致中。"

她愣住了。微张着嘴,她傻傻地望着他,又傻傻地问了一句:

"为什么?"

他燃起了烟,不说话。眼光只是定定地看着手上的烟。一缕轻烟,正袅袅地从烟上升起,缓缓地在室内扩散。她愣了好几秒钟,终于低低地、担忧地、小心翼翼地、细声细气地说了两个字:

"为我?"

他仍然不说话,只是猛抽着烟。于是,她伸手从他手中夺下了烟,弄熄了。她凝视着他,命令似的说:

"告诉我!"

他掉回眼光来,正视着她。他的眼睛又闪着那种特殊的光芒,深邃如两口深井,她看不清那井有多深,更看不清井底藏着些什么。不自觉地,她就在这注视下紧张起来,她的呼吸急促,胸口起伏不定。

"是的,为了你!"他坦率地说,声音低哑,"我要他来向你道歉,他不肯。"

她忽地就从沙发上站起来,她的脸涨红了。懊恼、愤怒、

128

悲哀、难堪……各种情绪都混合着对她像海浪般卷来，而最最让她受不了的，是她那自尊心所蒙受的打击，是她的骄傲再一次被践踏。她恶狠狠地盯着他，恶狠狠地握着拳，恶狠狠地叫了起来：

"谁要你多管闲事？谁要你去找他来道歉？我和他的事是我们自己的事，根本用不着你热心，用不着你干涉！你就该躲在房间里，去念你自己的诗，作你自己的论文！你管我们干什么？你这个莫名其妙的糊涂蛋……"

他闭了闭眼睛，脸色在一刹那间就变得惨白了。一句话也没再说，他从沙发里站起身，转身就往客厅门口走去。她呆住了，停止了嚷叫，她愕然地张着嘴，瞪视着他那毅然离去的背影，倏然间心如刀割，她大喊：

"致文！"

他停了停，没有回头。他又举步向客厅外走去。

"致文！"她再叫，声音弱了下来。

他仍然往门外走。

"致文！"她第三次叫，声音低弱得如同耳语。

他已经走到门口，伸手去转那门钮。

她倒进了沙发里，用手抱住了头，把整个脸孔都埋在一个靠垫里。她听到大门开了，又听到门关了。他走了！他走了！她赶走了他！她骂走了他！她气走了他！她呻吟着用牙齿咬住了靠垫，后悔得想马上死去。不要！不要！不要！她心里在狂喊着。致文，请留下来，请留下来，请留下来！她心里在悲鸣着。我不要骂你，我骂的是他，我不要骂你！致文，你这个傻瓜，你为什么要走？我需要你！需要你！需要你！……

有人无声无息地靠近了她，有只手伸过来，去取那个紧压在她脸上的靠垫。是谁？阿芳？还是母亲？她狐疑着，却下意识地更抱紧了靠垫。于是，她听到一声幽幽长叹，那熟悉的、低沉的、略带沙哑的嗓音就在她耳边响起了：

"你要把自己闷死吗，初蕾？"

是致文！他没有走！她飞快地抬起头来，把靠垫扔得老远。她立即面对着他的脸，他的脸色仍然苍白，他的眼睛仍然深幽，他的眉头仍然紧蹙……而他那眼底眉梢，却充溢着一片狼狈的、热烈的深情。她低喊了一声，立即忘形地投进了他的怀里，用手牢牢地抱住了他的腰。

"致文，你不要走，不要生我的气，请你不要生我的气……"她哭了，眼泪不受指挥地滚了出来，"你瞧，你说你不会让我哭你还是把我弄哭了……"她胡乱地说着，自己也不知道在说些什么，"你很坏，你坏极了！你明知道我不是成心骂你，你把我弄哭……瞧，你把我弄哭……"

他推开她的身子，用双手捧住了她的脸，她那泪珠正晶莹闪亮地沿颊滚落，一串串的像纷乱的珍珠。他喘了口气，哑声低喊：

"不许哭了。"

泪水还是滚下来。

"你再哭，"他温柔地、威胁地说，"你再哭我会吻你！"

她根本没听清楚他在说什么，泪珠依然滚下来。然后，猝然间，他就一把拥住了她，把嘴唇紧压在她的唇上。她有片刻思想停止，只觉得头脑中昏昏沉沉，她不由自主地回应着他，近乎贪婪地迎接着那种令她晕眩的甜蜜。她感到浑身火热，好像自己已变成了盆熊熊炉火，正在那儿燃烧，燃烧，燃烧……多么疯狂的火焰，多么完美的燃烧……她呻吟着，恨不能让自己在这疯狂的甜蜜中，被燃烧成灰烬。

不知道过了多久，终于，他的头抬起来了。她的眼睛仍然合着，长睫毛密密地垂在那儿。她的面颊嫣红如醉，那湿润的、红艳艳的嘴唇，像浸在酒里的樱桃。她面颊上还残留着一滴泪水，像清晨在花瓣上闪烁的露珠。他俯头再吻干了这滴露珠，她的眼睛才慢慢地、慢慢地张开了。他们相对凝视，两人都在一种近乎催眠的情绪中，缓慢地苏醒过来。两人眼中都逐渐充满了疑惧与惊悸的神色，然后，她忽然推开他，退到了沙发的一角。

"你……"她颤声说，"为什么要这样做？"她瑟缩地打了个寒噤，把自己蜷缩成了一团。不要！她心中低喊着：致文，不要用这种方式来安慰我！我可以忍受被致中的"甩掉"，但是，不能忍受你的怜悯！不要，致文！不要用这种方式来安慰我！

他在她那略带责备和幽怨的眼光下张皇失措，一种狼狈的受伤的感觉就抓住了他。她爱的还是致中！自己在做什么？想乘虚而入吗？卑鄙！下流！她毕竟是致中的女友呵！他的脸涨红了，眼光低垂了，声音虚弱而无力：

"对不起，初蕾，请原谅我！我是……是……"他嗫嚅着，更狼狈，更失措，更慌乱，"情不自已！"

情不自已？为什么？因为自己哭了？因为自己像个失恋的小傻瓜？因为自己哀求他回来？情不自已？她在诱惑他给她安慰奖呵！她把头转开了。

他注视着她，心如刀割。他冒犯了她！趁她在心情最恶劣的时候，去占她便宜！她一定这样想，否则，她那张小脸怎么忽然变得这样冷冰冰？他的心里冒着寒气，不由自主地，他退回了房门口。

"初蕾，你放心。"他低语。

"放心什么？"她哑声问。

"致中只是一时糊涂，他会想明白的。"

啊！她心中发出一声疯狂的大喊，她觉得自己要窒息了。梁致文，你这个混蛋！当你吻过我之后，却来告诉我致中是"一时糊涂"！那么，你这一吻是什么？也是"一时糊涂"吗？你后悔了？你害怕了？你怕我会用爱情来把你拴住吗？你又要把我推回给致中了，生怕我会吃掉你吗？你退向门口，你要逃走了！你以为我要你对这一吻负责任吗？你，你和致中一样可恶，一样对爱情不敢负责任，一样自私，一样莫名其妙！你——你——她气得浑身发抖，顺手抓了一个靠垫，她对他的脑袋砸了过去，大叫着说：

"滚出去！梁致文！我恨你，我恨你，恨你们兄弟两个！"

他逃出了那间客厅，靠在墙上，他强忍住心中那一阵撕裂般的痛楚。她恨他！他咬紧牙关，想着她的话，她恨他！他"曾经"是个"好哥哥"，现在，他是个"仇人"了。他踉跄着走上了街头，心底是一片惨切和愁苦。

第十一章

梁致文躺在床上抽烟。

他喷出一个大烟圈，又喷出一个小烟圈。然后，他凝视着两个烟圈在室内扩大，扩大，扩大……终于扩大成一片模糊的白雾，迷蒙在昏黄的灯晕之下。他凝视着这白雾，雾里浮起一张鲜明的脸，浓浓的眉毛，活泼的大眼睛，薄薄的嘴唇，爱笑爱说的那张嘴……他的记忆一下子被拉到许多年以前。

"你是学中国文学的？"她惊奇地扬着眉，一脸的调皮、淘气和好胜，"那么，你敢不敢跟我比赛背唐诗？我们来背《长恨歌》，看谁背得快！"

"我不行，"他说，"我很久没背过这首诗了。"

"大哥，"致秀喊，"你有点出息好不好？连接受挑战的勇气都没有！"

"他不是没勇气，他是礼貌，"致中说，挑拨地撇着嘴，

"夏初蕾，你别上我大哥的当，他从小就是书呆子，你可以跟他比游泳赛跑，千万别比念书！"

"我们来比！马上比！"初蕾笑着，叫着，一迭连声地喊着，推着致秀，"致秀，你当公证人！去找本《唐诗三百首》来，快！"

致秀找来了《唐诗三百首》，握着书本，高叫着：

"好，我说开始就开始，两个人一起背，看谁先背完！一二三！"

致秀的"三"字刚完，初蕾的琅琅书声已经飞快地夺口而出：

> 汉皇重色思倾国，御宇多年求不得。
> 杨家有女初长成，养在深闺人未识。
> 天生丽质难自弃，一朝选在君王侧。
> 回眸一笑百媚生，六宫粉黛无颜色。
> ……

他在起步上就比她输了一步，幸好，他还沉得住气，一句一句地跟进。但是，她越念越快，越念越流利，声音泠泠朗朗，就像瀑布的水珠飞溅在岩石上，更像那森林中的水车，旋转出一连串跳跃的音符。口齿之快，简直到了匪夷所思的地步，稀里呼噜一阵，听也没听清楚，她已念到"君王掩面救不得，回看血泪相和流"了。

他放弃了，住了口，呆呆地看着她那两片嘴唇不停地嚅动，呆呆地听着那叽里咕噜地背诵。她成了独自表演，但她并不停止，声音已经快到让你捉不住她的音浪，一会儿时间，她喘口气，已念到"鸳鸯瓦冷霜华重，翡翠衾寒谁与共？悠悠生死别经年，魂魄不曾来入梦。……"然后，她停了口，亮晶晶的眼珠乌溜溜地转动，环顾着满屋子都听呆了的人们。接着，她就一下子大笑了起来，笑得滚倒在沙发里，笑得喘不过气来，笑得抱住致秀又摇又搓又揉，笑得捧住了自己的肚子，笑得那满头短发拂在面颊上……她边笑边说：

"你们上了我的当，我哪里背得出来，除了第一段以外，下面的只陆续记得几个句子，我叽里咕噜，含含糊糊地念，你们也听不清楚，我碰到我会的句子，我就大声念出来，不会的我就念：南无阿弥陀佛，阿弥陀佛大慈大悲，大慈大悲阿弥陀佛……你们居然一个也没听出来，哈哈哈！哈哈哈……"

她笑得那么得意，那么狂放，那么淘气，那么毫无保留，使满屋子的人都跟着笑了。好不容易，她笑停了，却忽然脸色一正，对他说：

"我们重新来过，这次我赖皮，算打成平手。现在，我们来背《琵琶行》吧！"

"可以。"他得了一次教训，学了一次乖，"你先背，我们一个背完，一个再背。要咬字清楚，计时来算，致秀管计时！"

她瞪了他几秒钟，然后，她整整衣裳，板着脸孔，在沙发上"正襟危坐"。脸色严肃而郑重，端庄而文雅，她开始清清楚楚地，一丝不苟念了起来：

　　　　浔阳江头夜送客，枫叶荻花秋瑟瑟。……

　　她一口气念到最后的"座中泣下谁最多？江州司马青衫湿"居然一字不错，弄得满屋子的人都瞠目结舌，甘拜下风。

　　这是多久以前的事了？三年多了！时间过得真快，那时，她还在念大一，刚刚从高中毕业，清新洒脱，稚气未除。也就是那天，背诗的那天，他就深深地体会到了，这个女孩注定要在他生命里扮演主角！是的，她确实在他生命里成了主角，他却在她生命里成了配角！只因为，另有人抢先占据了主角的位置——他的弟弟，梁致中。

　　致中，这名字掠过他的心头，带来一抹酸涩的痛楚，他下意识地看看手表，已经深夜十一点多了。致中还没有回家，这些日子来，致中似乎都忙得很，每晚都要深更半夜才回来。他正流连何方？和初蕾闹得那样决裂，他好像并不烦恼。致文咬了咬牙。他在一种近乎苦痛的愤怒中体会着：致中对初蕾的热度已经过去了。就像他以往对所交过的女友一样，他的热度只能维持三分钟。初蕾，她所拥有的三分钟已经期满了。为什么初蕾会选择致中？为什么自己会成为配角？"哥哥"，是的，哥哥！她只把他当哥哥，一个诉苦的物件，一个谈话的物件，却不是恋爱的对象！他恼怒而烦躁地深吸了口烟，耳畔又响起她对他怒吼着的话：

　　"滚出去！梁致文！我恨你！我恨你！恨你们兄弟两个！"

他咬紧了烟蒂，牙齿深陷进了烟头的滤嘴里。心底有一阵痉挛的抽痛，痛得他不自觉地从齿缝中向里面吸气。为什么？他恼怒地自问着：为什么要那样鲁莽？为什么要破坏自己在她心目中的地位？为什么要失去她的敬爱？可是……他闭上眼睛，回忆着她唇边的温存，她那轻颤的身躯，她那炙热的嘴唇，她身上那甜蜜的醉人的馨香……他猛然从床上坐起来，虽然是冬天，却觉得背脊上冒出一阵冷汗。梁致文，你不能再想，你根本无权去想！

他踉跄着走下床来，踉跄着冲向了洗手间，他把脑袋放在水龙头下面，给自己淋了一头一脸的冷水。然后，他冲回房里，冲到书桌前面，必须找点事情做一做！必须！他找来一块木头，又找来一把雕刻刀，开始毫无意识地去刻那木块，他削下一片木头，再削第二片，再削第三片……当他发现自己正莫名其妙地把一块木头完全削成了碎片时，他终于颓然地抛下了刀子。

把所有的碎片都丢进了纸篓，他靠进椅子里，伸手到口袋中去拿香烟，口袋的底层，有颗小小的东西在滚动，他下意识地摸了出来，是那颗红豆！摊开手心，他瞪视着那滴溜圆、光可鉴人的红豆。相思子？为什么红豆要叫相思子？他又依稀记得那个下午，在初蕾的校园里，他拾起了一个豆荚，也种下了一段相思。一颗红豆，怎生禁受？他又想起初蕾那天真的神态，挑着眉毛说：

"改天，你要告诉我这个故事，一颗红豆！"

告诉她这故事？怎样告诉她？不不，这是个永无结果的故事，一个无头无尾的故事。永远无法告诉她的故事。他站起身来，走到窗边，把窗子打开，他拿起那颗红豆，就要往窗外扔，忽然，他的手又停住了，脑中闪过古人的一阕红豆词，其中有这么两句：

泥里休抛取，怕它生作相思树！

罢了！罢了！罢了！他把那颗红豆又揣回口袋里，重重地坐回到书桌前面。沉思良久，他抽出一沓信笺，拿起笔，在上面胡乱地写着：

算来一颗红豆，能有相思几斗？
欲舍又难抛，听尽雨残更漏！
只是一颗红豆，带来浓情如酒，
欲舍又难抛，愁肠怎生禁受？
为何一颗红豆，让人思前想后？
欲舍又难抛，拼却此生消瘦！
唯有一颗红豆，滴溜清圆如旧，
欲舍又难抛，此情问君知否？

写完，他念了念。罢了！罢了！无聊透了！他把整沓信笺往抽屉中一塞，站起身来，他满屋子兜着圈子。自己觉得，像个被茧所包围的昆虫，四壁都是坚韧难破的墙壁，怎么冲刺都无法冲出去。他倚窗而立，外面在下着小雨，淅淅沥沥的。他惊觉地想起，台北的雨季又来了。去年雨季来临的时候，天寒地冻，他曾和初蕾、致秀、赵震亚、致中大家围炉吃火锅，吃得每个人都稀里呼噜的。曾几何时，赵震亚跟致秀吹了，半路杀进一个小方。初蕾呢？初蕾和致中急遽地相恋，又急遽地闹翻，像孩子们在扮家家酒。怎么？仅仅一年之间，已经景物依旧，而人事全非！

大门在响，致中终于回来了！他听到致中脱靴子的声音，关大门的声音，嘴里哼着歌的声音……该死！他还哼歌呢！他轻松得很，快乐得很呢！致文跳起来，打开房门，一下子就拦在致中面前：

"进来谈谈好不好？"

致中用戒备的眼神看着他：

"我累得不得了，我马上就要睡了。"

他把致中拉进了房间，关上房门，他定定地看着致中。致中穿着件牛仔布的夹克，肩上、头发上，都被雨水淋得湿漉漉的。他那健康的脸庞，被风吹红了，眼睛仍然神采奕奕。眉间眼底，看不出有丝毫的烦恼、丝毫的不安，或丝毫的相思之情。致文深吸口气，怒火从他心头生起，很快地向他四肢扩散。

"你到什么地方去了？"他沉声问。

致中脱下了手套，握在手中，他无聊地用手套拍打着身边的椅背，眼睛避免去和致文接触，他掉头望着桌上的台灯。

"怎么？"他没好气地说，"爸爸都不管我，你来管我？"

"不是管你，"他忍耐地咬咬牙，"只想知道你去了哪儿，玩到这么晚？"

"在一个朋友家打桥牌，行了吗？"致中说，"没杀人放火，也没做坏事，行了吗？"

致文紧紧地瞪着他。

"你还是没有去看初蕾？"他问，"连个电话都没打给她？你预备——就这样不了了之了，是不是？"

"大哥，"致中的眼光从台灯上收回来，落在致文脸上了，他看看致文的下巴，那儿的伤口还没平复，"你总不至于又要为了初蕾，跟我打架吧？"他问，"我以为，我已经把我的立场，说得很清楚了！我这人生来就不懂什么叫道歉，你休想说服我去道歉！她要这样跟我分手，我难不成去求她回心转意，我们兄弟从小一块长大，你看我求过人没有？当初她跟我好，也是她心甘情愿，我也没有勉强过她！甚至于，我也没追求过她！"

"哦！"致文重重地呼吸，"难道说，是她追求你？"

"也不是。"致中停止了拍打手套，皱了皱眉头，忽然正色说，"大哥，让我告诉你吧，我和初蕾之间，老实说，已经没有希望了！你别再白费力气，拉拢我们了！"

"哦！"致文的眼睛瞪大了，"什么叫没有希望了？你说说清楚，这是什么意思？"

"我承认，初蕾是个很可爱的女孩子，"致中沉思地说，"当初，她又会笑又会闹，又活泼，又调皮，她确实吸引我，让我动心极了。可是，等到我真跟她进入情况以后，她整个人都变了，变得爱哭，爱生气。整天，不是哭哭啼啼就是气呼呼的，大哥，你知道我，我一向大而化之，不拘小节，我不会伺候人，也不会赔小心。最初，她生气我还会心疼，还会迁就她，等她成天生气的时候，我就简直受不了了。我觉得，到后来，我跟她在一起，根本就是受罪而不是快乐！这些日子，她不来烦我，我反而轻松多了。你瞧，这种情况，还有什么希望？"

"你有没有想过，"致文诚恳地说，"她变得爱哭，爱生气，都是因为你太跋扈、太任性的关系？"

"可能是。"致中点点头，"但是，我一直就是这个调调儿，她如果不喜欢我的跋扈和任性，当初就不该跟我好。既然跟我好了，她就该顺着我！"

"难道你不能为她而改变一下自己吗？"致文更诚恳了，更真挚了，几乎带着点祈求的意味，"女孩子，生来就比男人娇弱，你让她一点，并不损失什么。爱情，本身就需要容忍，你如果真爱她，就会对她的一颦一笑、一举手一投足都充满了关切，充满了欣赏，甚至于，连她的缺点，你都能看成是优点……"

"呵！这样才算恋爱吗？你别把我累死好不好？"致中叫着说，"你看我像这种人吗？而且假若这样才算恋爱的话，我和她之间，是谁也没爱过谁！"

"怎么说？"

"我既不能把她的缺点看成优点，她也没把我的缺点看成优点！否则，她就该对我的一举一动、一言一语、一笑一皱眉的……都欣赏得不得了，我说看恐怖电影，她就说我胆子大，够男儿气概，我说看武侠片，她就说这是英雄本色，那不就皆大欢喜了吗？也不会吵架，也不会哭哭啼啼，也不会在街上拖拖拉拉地丢人现眼了！"

"原来，你需要一个应声虫！"

"不是！"致中用力地在椅背上拍了一下，"我是在套你的公式，证明一件事情，我和她之间，谁也没爱过谁！"

"你怎么能够这样轻易地抹杀一段爱情？"致文沉不住气了，不知不觉地提高了声音，"你把人家快快乐乐的一个女孩子，折磨成了个小可怜，现在，你干干说一句，根本没爱过，就算完了？你怎么这样没有责任感？这样游戏人生，玩弄感情？你简直像个刽子手！你知道你对初蕾做了些什么？你使她失去自尊，失去骄傲，失去欢笑，失去自信……"

"慢点慢点！"致中打断了致文，"你最好不要给我乱加罪名！我知道，你心里喜欢初蕾，远超过我喜欢她，现在不是正好吗？我把她让给你……"

"胡说！"致文猛拍了一下桌子，脸色发白了，"她对你而言，只是一件玩具吗？可以随便转让？随便送人？随便抛开？……"

"你敢说你不爱她吗？"致中抗声问，因为致文的咄咄逼人而急思反击，"你敢说你不喜欢她吗？你敢说你不想要她吗？你说！你说！"

"是的！"致文冒火了，他大声地说，"我是喜欢她，我是爱她，我是要她！可是，她选择了你！"

"那是她的不幸，也是我的不幸！"

"致中，"致文怒吼，"你是个不折不扣的混蛋！"

"奇怪，"致中侧着头，冷冷地望着致文，"你为什么一定要强迫我跟初蕾好？你难道不明白，这段感情已经结束了吗？你难道不明白，她需要一个温柔多情的男人，而我根本不是她要的那种类型！她也不是我要的那种类型，我们一开始就错了，为什么一定要继续错下去？现在这样结束，岂不是比以后铸成大错，再来懊悔好得多？大哥，你一定要我亲口说出来，我决定……"

"决定不要初蕾了？"致文森冷地接话。

"是的。"致中坦率地说，迎视着致文的目光，"我告诉你吧，初蕾完全不适合我，我要一个能崇拜我的女孩子，就像你说的，能把我的缺点当优点的女孩子！不会对我说'不'字的女孩子！能把我当一个神来膜拜的女孩子……"

"世界上有这种女孩子吗？"致文冷哼，"你下辈子也找不到！"

"谁说的？"致中的下巴抬高了，急切中，他不假思索地说了出来，"你怎么知道就没人崇拜我？爱我？对我言听计从，永不反抗？我就认得一个这样的女孩子，她柔得像水，美得像画，顺从得像一只小波斯猫……"

"好呀！"致文大怒，他的眉毛高高地挑了起来，一伸手，他抓住了致中胸前的衣服，怒不可遏地嚷，"你这才说了真心话了！原来你变了心！怪不得你不要初蕾了，怪不得你派了她几千几万个不是！原来你有了新的女朋友！原来你又见异思迁了！所以你和初蕾吵架，你故意和她吵架……"

"才不是呢!"致中也叫了起来,"你别血口喷人!我认识雨婷是在和初蕾吵架以后的事,才不过一个多月,如果初蕾不和我吵架,我根本不会认识雨婷!你不要把因果关系颠三倒四……"

"我不管什么因果关系!"致文大叫,"反正你变了心!反正有另一个女孩子插了进来!你!你是个无情无义的混蛋!你是个不负责任的混蛋!你是个玩弄感情的混蛋!初蕾为了你,瘦得不成人形,你却整天流连在别的女人身边!你!你还是人吗?你还有人性吗?你……"

"放开我!"致中挣扎着,被骂得火冒三丈,他开始口不择言地反攻,"你爱她,你不会去追她?一定要把她塞给我?你才是混蛋!你不只是混蛋,还是糊涂蛋!不只是糊涂蛋,还是笨蛋!你不敢追你爱的女孩子,却在这儿假作清高!满身道学气!满身迂腐气!你应该活在十八世纪,你头脑不清,是非不明……"

"我头脑不清,是非不明?"致文气得浑身簌簌发抖,连声音都变了,"好好好,我该死,我混蛋,我要顾全兄弟之义,才害惨了初蕾!你骂得对,我早该知道你根本不是人,我早该采取攻势!"他咬住嘴唇,脸色发青,"我知道我打不过你!我也知道我下巴上的伤口还没好,可是,我非揍你不可!"

他一拳对致中挥了过去,致中往后一翻,就躲过了这一拳。但是,房间太小,他这一翻就翻到了床上。致文立刻扑到床上,整个身子都压在他身上,对着他的下巴不住挥拳下击，致中左躲右闪，用手撑住了致文的头，嘴里咆哮地大叫着：

"你别发疯！我是在让你，论打架，两个你也不是我的对手，你再打！你再打！你把我惹火了，我就不留情了！你还打？你这个神经病！"

致中挥拳反击了，致文从床上滚到了地上，致中的眼睛也红了，眉毛也直了，扑过去，他抓住致文，也一阵没头没脑地乱打。一时间，室内的桌子也倒了，椅子也翻了，台灯也砸碎了，茶杯也打破了……满屋子惊天动地的稀里哗啦声……

全家人都惊醒了，致秀第一个冲了进来，梁氏夫妇跟在后面，也冲了进来。致秀尖叫着：

"大哥，二哥！你们都疯了？住手！还不赶快住手！住手！"

她奔过去，一把抱牢了致中。因为，致中正骑在致文身上，把致文打了个昏天黑地。

"哎呀！"梁太太惊呼着，"这算怎么回事？一个星期里打了两次架！小时候兄弟两个倒亲亲热热的，长大了怎么变仇人了？"

"你们羞不羞？"梁先生气得吹胡子瞪眼，"为了一个女孩子打架？世界上的女孩那么多，你们干吗兄弟两个都认定了夏初蕾！"

"爸爸！"致中跳起身子，仍然气喘吁吁。他没好气地说，"你别弄错了，我们不是在抢夏初蕾，是在'让'夏初蕾！大哥不许我不要她！真莫名其妙！"说完，他一头就冲出了致文的房间。

致文躺在地上，下颚又破了，嘴唇也破了，血正从嘴角沁出来。梁太太担忧地俯下头去看：

"怎样？伤得重不重？要不要请医生？"

致文支起了身子，靠在墙上喘气，拼命摇头说：

"我没事！爸爸，妈，你们去睡吧！对不起，我是一时气昏头了。"

"你确定没事吗？"梁太太还不放心。

"爸爸，妈！"致秀说，"你们去睡，我来照顾大哥！放心，这点小伤根本不算什么。"

梁先生唉声叹气地，跟太太一起出去了。致秀站起身来，关好房门，她把致文扶到床上，用毛巾压在他嘴角的伤口上。她瞅着他，叹了口气。

"大哥，你也糊涂了，是不是？打架，能解决问题吗？你能把二哥'打'给初蕾吗？"

致文望着致秀，心里有千言万语，没一句说得出口。致秀却在她哥哥的眼中，读出太多太多的东西。她怔怔地看着致文，忍不住说：

"大哥，你为什么不追她？"

他定定地看着她，眼底是一片坦率。

"我试过。"他哑声说，"但是失败了。她心里只有致中，我徒然……自取其辱。"

是吗？致秀更加发愣了。

第十二章

雨季来临了。

晚上，天气变得更加凉了，但是，在杜慕裳的客厅里，却是春意融融的。慕裳躲在厨房里，正用烤箱烤一些西式的小脆饼，那奶油的香味弥漫在整座房间里。她斜靠在墙上，不经意地望着那烤箱，只为了可以倾听到从客厅里传来的笑语声。

一切都那么奇妙，奇妙得不可思议。夏寒山最初把小方带来，用意原就相当明显。慕裳一看小方一表人才，气宇轩昂，心里就有一百二十万分的喜欢，巴不得能成其好事。谁知，小方看病归看病，看完病后就开药，开了药就走，从来都彬彬有礼而庄严过度。看了几次病，他和雨婷间仍然隔着千山万水。慕裳不得已，千方百计地讨好他，留他吃晚饭，给他弄点心，这一下，逼得这位医生带了个"未婚妻"来，这冷水泼得真彻底极了。但是，慕裳做梦也想不到，跟着这

"未婚妻"一块跑来的梁致中，竟和雨婷间像有夙缘似的，一见面就谈得投机。第二天，这位鲁莽而豪放的小伙子，就不请自来了。从此，他成了家里的常客，而雨婷呢？却像被春风吹融了的冰山，不只冰融了，泥土上竟抽出新绿，不只抽出新绿，竟绽放起花朵来了。

这所有的事，发展得出奇地快，快得让慕裳有些措手不及，整个变化，也就是一个月之间的事，这个月，夏寒山因为医院里的事特别忙，很少来慕裳这儿，所以，连夏寒山都不知道，他所推荐的小方医生已经有名无实，被一个毫无医学常识的小伙子所取代了。慕裳真迫不及待地想告诉寒山，他的诊断毕竟是对的！雨婷自从邂逅了梁致中，就眼看着丰满起来，眼看着娇艳起来，眼看着欢乐起来……她哪儿还是个病恹恹、软绵绵、弱不禁风的小女孩，她正像朵被夏风吹醒的花苞，在缓慢地苏醒，缓慢地绽开她那一片一片的花瓣。

真想告诉寒山！真想见到寒山，而且，还有件更意外的事要告诉他！许许多多的事要告诉他，让他分享她的喜悦！虽然致中不是寒山直接带来的，却也是他间接带来的！如果没有小方医生，哪儿来的梁致中！说不定，从此雨婷的病就好了，从此，是新生命的开始，像蜕了壳的幼虫，正要展翅幻化为美丽的蝴蝶。新生命的开始，是啊，她晕眩地靠在墙上，喜悦地倾听着，似乎听到那生命的跫音，正在向她走近。

客厅里传来了钢琴声，雨婷又在弹琴了！

是的，雨婷正在弹琴，她坐在钢琴前面，披垂着一肩秀发，两手熟练地掠过琴键，眼睛却如水如雾如梦如幻地注视着致中。致中的身子半伏在琴上，手里握着杯雨婷亲自帮他调的柠檬汁。他瞪视着雨婷，在他生命里，遇到过各种活跃的女孩子，却从没有像雨婷这种。她的面颊白皙，美好如玉。眼光清柔，光明如星。她的声音娇嫩，如出谷黄莺，浑身柔若无骨，而吐气如兰。她像名贵的灵芝，连生长的环境，都是个熏人如醉的幽谷。

"你要不要听我唱歌？"雨婷问。

"你还会唱歌？"致中惊奇地问。

"我会唱，但很少唱。"

"为什么？"

"没遇到你以前，我只唱给妈妈听，现在遇到你，我可以唱给你听了。因为……"她低低叹气，声音清晰、婉转、坦白，没有丝毫的矫情，就那么自然而然地说出来了，"我好喜欢好喜欢你。"

致中按捺不住一阵心跳，从没遇到过如此坦率的女孩子！假如她是个野性的女孩，这句话只会让他好笑，假如她是个不在乎的女孩，这句话会让他觉得她十三点。但，她那样洁白无瑕，那样纤尘不染，那样清丽脱俗，又那样出自肺腑地说出来，就使他整个心都飘飘然了。

她弹出一串美妙的音符，又低语了一句：

"我唱这支歌，为你！"

她开始唱了：

自从与你相遇，从此不知悲戚，

欢笑高歌为谁？只是因为有你！

昨夜轻风细细，如在耳边低语，

独立中宵为谁？只是默默想你！

今晨雨声滴沥，敲碎一窗沉寂，

夜来不寐为谁？只是悄悄盼你！

如今灯光掩抑，一对人儿如玉，

满腹欢乐为谁？只因眼前有你！

　　她唱着，咬字清晰，声音柔美，而双目明亮。致中注视着她，完全听呆了。她弹着琴，反复地唱着，一遍又一遍。她的大眼睛默默地睁着，眼珠黑蒙蒙的，动也不动地看着他，看得他心都震颤了，头都昏沉了，思想都迷糊了。她似乎深陷在歌声琴韵中，深陷在柔情千缕里，她不停地弹，不停地唱，她唱得痴了，他听得痴了。当她第五遍唱到"满腹欢乐为谁？只因眼前有你！"时，致中忍不住就伸出手去，握住了她那在琴键上飞舞的小手，她那手指被琴键冻得冷冰冰的。他把那手送到唇边去，用嘴唇温热那冰凉的手指，眼光却定定地停在她的脸上。于是，她一语不发地，就投进了他的怀里。

　　他紧抱着她，用嘴唇压在她的唇上，她笨拙地回应他，他们牙齿碰到了牙齿。他的心被欢乐充满了，被喜悦充盈了，被珍惜和意外所惊扰了。他把她的头揽在肩上，在她耳边悄悄问：

　　"从来没有人吻过你吗，小傻瓜？"

她战栗地低叹：

"妈妈吻过。"

他微笑了，怜惜而宠爱地低语：

"那是不同的。让我们再来过！"

他再吻她，细腻地、温柔地、热情地、辗转地吻她。在这一刹那间，他想起了和初蕾的初吻。在青草湖边，她回应他的动作并不生硬，她配合得恰到好处，使他立即断定她并非第一次接吻。吻完了，她反而责问他：

"你很老练啊，你第一次接吻是几岁？"

"十八岁！"他说，事实上，他在撒谎，他直到读大二，才和一个比他大两岁的女孩吻过，"你呢？"

"十四岁！"她答得干脆利落。

现在，他吻着雨婷，一个为他献出初吻的女孩，不知怎的，这"第一次"竟深深地撼动了他。如果在这一瞬间，他对初蕾有任何歉意的话，也被这个记忆冲淡了。一个十四岁就接吻的女孩，不会把爱情看得多珍贵，也不会对爱情太认真。他继续吻着雨婷，吻得她脸发热了，吻得她的心脏怦怦跳动。她那纤细瘦弱的身子，在他怀中，显得又娇小，又玲珑。半晌，他抬起头来，仔细地看她，她脸红得像熟透了的苹果。

"坦白说，"他瞪着她，"你不是我吻过的第一个女孩，也不是第二个。"他说，自己也不懂，为什么要讲这句煞风景的话。或者，在他潜意识中，他还不太愿意被捕捉。

"我知道。"她娇羞地微笑着，"像你这样的男孩子，这样优秀，这样有个性，这样无拘无束的……起码会有一打女孩子喜欢你。如果你现在还有别的女朋友，我也不会过问，只要你心里有个我，就好了！只要你常来看我，就好了。只要你偶尔想起我，就好了。哪怕我只占十二分之一，我也——心满意足了。"

噢！这才是他找寻的女孩子啊！不瞎吃醋，不要个性，不闹脾气，不小心眼，不追问过去未来……他又一把紧抱住了她，情不自禁地，在她耳边说：

"没有其他女孩子，没有另外十一个，你就是全部了！"他不知不觉地否决了初蕾，甚至心底并无愧疚。

她在他怀中惊颤，喜悦遍布在她的眼底眉梢，使他的热情又在胸中燃烧起来，他再度俯下头去，再度捕捉了她的嘴唇。

小脆饼烤熟了，慕裳端着一盘香喷喷的脆饼走进客厅，一看眼前的景象，她就猛吃了一惊，慌忙又退回厨房去，望着那烤箱默默地发呆。终于发生了！她想。终于来临了。她想。一时间，不知道是喜是愁，是欢乐还是惆怅，是兴奋还是担忧……或者，从此以后，雨婷该和那缠绕了她十几年的病魔告别了！但是，恋爱是一剂多么危险的药呀！它会不会再带来其他的副作用呢！会不会再变成另一种疾病的病源呢？她心中忐忑不安，忽忧忽喜，因为，只有她明白，雨婷自幼在感情上，是多么脆弱，多么自私的！

就在慕裳躲在厨房里思前想后的时候，有人用钥匙打开了大门，走进了客厅。听到大门开合的声音，慕裳陡地一跳，寒山来了！在她的客人中，只有夏寒山一个人有大门钥匙，也只有他会不经过通报而进门。她赶快端着那盘点心，跑进了客厅。

客厅里，那对小情侣正仓促地分开，而夏寒山呢？夏寒山站在那儿，被眼前所看到的景象完全惊呆了。他几乎不能相信自己的眼睛，他瞪视着雨婷，又回头瞪视着致中。同时，致中似乎也同样震惊，他傻傻地看着寒山，傻傻地微张着嘴，一句话也说不出来。

"噢，夏伯伯！"先清醒过来的还是雨婷，她早已对夏寒山改变了称呼，从"夏大夫"而改口为"夏伯伯"了。她红着脸，不胜羞涩地说："我给您介绍，这位是梁致中，他是……"

"不要介绍了！"夏寒山终于醒悟过来，他对雨婷挥了挥手，眼光仍然紧盯着致中，现在，这眼光已经变得相当严厉了，"我认识他，认识他好多年了。"

"哦，"雨婷应着，微笑了起来，"是的，他是小方医生的朋友，您当然可能认识他！"她转头看致中，笑得更甜了，"致中，我没告诉过你，小方医生还是夏伯伯介绍给我的呢！最初，夏伯伯是我的医生！"

致中似乎没听见雨婷的话，即使听见，他也没有很清楚地弄明白这之中的关系。他只是被寒山给震慑住了，给这突然的意外事件而惊呆了。他怎么也没有想到夏寒山会在这个家庭中冒出来，却偏偏撞见他和雨婷的亲热镜头。现在，在寒山那冷冷的、近乎责备的眼光下，他有些瑟缩了，不安了。他觉得尴尬而无以自处，觉得很难向夏寒山这种"老古板"

来解释自己，而且，他也不想解释，他就呆站在那儿，对着夏寒山发愣。

慕裳看看寒山，又看看致中，立刻敏感地体会到，他们间一定有某种渊源，她很快地走过来，把一盘香喷喷的点心放在桌上，就仰着头，用充满了欢愉和喜悦的声音，高声地叫着：

"寒山，雨婷，致中，都快来吃点东西！我刚烤好的，你们尝尝我的手艺如何？"

致中甩了一下头，清醒过来了。脑子里第一个闪过的念头就是：管它呢！反正和初蕾已经吹了，反正也已经给他撞见了！反正他又没和初蕾订过婚！反正他也不欠夏家什么！这样一想，他心里的尴尬消除了，不安的情绪也从窗口飞走。他耸了耸肩，又变得满不在乎而神采飞扬了。他往前走了一步，对夏寒山干脆大大方方地点了点头：

"夏伯伯，"他招呼着，"没想到您也认识雨婷……"他注意到他手中的钥匙了，"原来，您和杜阿姨是老朋友！"他说，下意识地看了杜慕裳一眼，脑中有些迷糊。

寒山蓦然一惊，这时才想起自己出现得太随便，太自然，就像个男主人回到自己家里一般，看样子，这份秘密很难保住了。他心里顿时掠过几百种念头。这下，轮到他不安，轮到他尴尬了。他收起了手中的钥匙，再深深地看了致中一眼。

"致中，"他隐忍了心里所有的不满和不安，声音几乎是平静的，"你认识雨婷多久了？"

致中掉头去看雨婷。

"喂，"他问雨婷，"我认识你多久了？"

"那天是十月二十日，"雨婷面颊上的红潮未褪，声音轻柔如醉，"今天是十二月二日。"

"哦，"寒山的眼睛转了转，暗中在核算着日期，"才一个多月。"他坐进沙发里，从慕裳手中接过了一杯热茶。他的声音低沉而萧索，"现在的年轻人，什么都快，开始得快，结束得快，变化得也快。"

致中有些烦躁，他不想继续这个话题，夏寒山在场使他有压迫感，他那略带讽刺的语气使他难堪。他想逃开这个局面，想逃出这个客厅，于是，他转向了雨婷：

"雨婷，我们去看电影，好吗？现在刚好可以赶九点钟的一场。"

"好呀，"雨婷应着，一面掉头去看母亲，"我可以去吗，妈？"

"要多穿件衣服，别淋了雨！"慕裳叮嘱着。

"好的！"雨婷兴奋地说，看了致中一眼，"我们去看什么电影？"

"有部《恶魔谷》听说很不错。"

雨婷打了个寒噤。

"恐怖片吗？"她问。

"恐怖片！"

慕裳抬起头来。"别带她看恐怖片，她的心脏不好！"

致中惊愕地看着雨婷：

"你有心脏病吗？"他问。

"谁说的？"雨婷挺了挺背脊，对他勇敢地微笑，"如果你喜欢《恶魔谷》，我们就去看《恶魔谷》，我很少看恐怖片，一定很刺激，是不是？如果我在电影院里叫起来，你别怪我！而且……而且……"她吞吞吐吐地说，"我可能会躲到你怀里去！"

那才够味呢！致中想，他笑了起来，用手揽住了雨婷的肩，他说："咱们走吧！"

"别弄得三更半夜回来！"慕裳喊。

"妈，"雨婷在房门口翩然回顾，"有夏伯伯陪你，我还是三更半夜回来比较好！"她调皮地一笑，走了。

慕裳好半天才回过神来，她看着寒山，怔怔地说：

"你瞧，她说变就变了！都是因为这个梁致中，他把雨婷变成了另一个人。你对了！寒山。所有的病源都被你说中了，她只是心理上的问题，自从这个梁致中闯进来以后，她也不晕倒，也不头痛，也不肚子痛了。而且，你看到了吗？她居然会说笑话，居然又唱歌又……"她忽然停住了，呆呆地看着夏寒山，后者正用手支住额，眉头紧蹙，满脸的凝重与不安。她吓住了，扑伏在他脚前，她半跪在沙发前面，握住了他的手，柔声问：

"怎么了？有什么不对劲？"

寒山伸手摸着她的头发。

"你知道这个梁致中是谁吗？"他哑声问。

"是……小方的朋友，在一家电机工厂做事。怎么，有什么不对头？"她变色了，"他是坏人吗？是太保吗？是不正派的吗？是……"

"不不！"寒山说，"不是。"

"那么，有什么不对？"

"什么不对吗？"寒山沉吟片刻，终于沉痛地说了出来，"我一直以为，他可能是我的女婿。现在，我才明白，初蕾为什么会变得那么憔悴和消瘦了。"他望着慕裳，她正睁大了眼睛，惊愕万状地瞪着他，"世界上的事情真奇怪。"他继续说，"使梁致中变心的，居然是雨婷！"他摇了摇头，不胜愤慨，"慕裳，我要和这个年轻人好好谈谈，这件事不能这样发展……"

慕裳立即用手死命揪住了寒山的衣袖，她哀恳地仰起了脸，急促地说：

"不行！寒山！你不要去责备他，不要去问他，不要去追究！你让他们去吧！你没看到，雨婷已经快乐得像个小仙子了吗？你不要破坏他们吧！求你别破坏他们！雨婷需要朋友，需要爱情，这是你说的，现在，她好不容易有了，你就给她吧！"

"你有没有想过初蕾？"寒山问，盯着慕裳，"慕裳，你是个很自私的母亲！"

"是的！"慕裳悲鸣着，"天下的父母亲都是自私的！如果你破坏了他们，你也是个自私的父亲！"

他惊悸了一下，闭紧了嘴唇，默然不语了。

她悄眼看他，低垂了头，她呻吟般地低语：

"你放他们一马，我会补偿你！孩子们的事，原来就没准，致中洒脱不羁，或者不是任何一个女人可以拴住的男人，即使没有雨婷的插入，他也可能变心！你就——原谅他吧！别去追究吧！"

他再度一震，若有所悟地瞪着她。

"是的，"他幽幽地说，"我如何去责备孩子的变心？连大人都是不稳定的！我又有什么理由去责备他？"他伸手把她拉进怀里，"你为什么瘦了？"他忽然问。

"因为……"她眼里有了层薄薄的雾气，"你有一个月没来了，我以为——你不会再来了！"

"胡说！"他轻叱着，"我不是常常打电话给你吗？我不是告诉你我在忙吗？"他仔细看她，"你还有没有事在隐瞒我？"他问。

"有……一件小事。"她吞吞吐吐地说。

"什么小事？"

她的头俯得更低了，半晌，才轻语着：

"我——怀孕了。"

"什么？"他惊跳了起来，"你说什么？"

她抬起头来了，她的眼睛定定地看着他。

"我有了你的孩子。"她一个字一个字地说，"在雨婷已经十八岁的时候，我又有了孩子。"

他震惊地瞪着她，好半天没弄清楚她话中的含义，一个孩子，一个孩子！一个孩子？然后，他的意识就陡地清醒了。立即觉得心中充满了某种难解的、悲喜交集的情绪。好半天，他沉默着没说话。然后，理智在他的头脑里敲着钟，当当地敲着，敲醒了他！他抽了一口冷气，艰涩地吐出一句话来：

"我会带你去解决它。"他说，不知怎的，说出这话使他内心绞痛，"我有个好朋友，是妇产科的医生。"

她定定地看着他。

"你敢？"她说，"我好不容易有了他，你敢让我失去他？自从你告诉我那个故事，关于给初蕾取名字的故事以后，我就在等待他了！我说了我会补偿你，你失去一个女婿，我给你一个——夏再雷。"

夏再雷？夏再雷？他生命的再一次延续！他几乎已经看到那胖胖的小婴儿，在对他咿咿呀呀地微笑，他几乎已触摸到那胖胖的小手，闻到那婴儿的馨香……他忽然眼眶湿润。

"慕裳，你知道你在做什么吗？"他问，"你会被人嘲笑，你会失去工作，你会丧失别人的尊敬……而且，你已经不年轻，四十岁生第二胎会很苦……"

"我知道，我都知道！"她飞快地说，"我要我的——夏再雷，不管你要不要！"

他把她拥进了怀里，紧抱着她，把她的头压在胸前，他的心脏怦怦跳动，他的眼眶里全是泪水。他要那孩子！他要那孩子！他也知道她明白他要那孩子！他抱紧了慕裳——不只慕裳，还有他的夏再雷！

第
十
三
章

  是入冬以来的第一个晴天，难得一见的太阳，把湿漉漉的台北市晒干了。

  初蕾和致秀漫步在校园里。最近，由于感情的纠纷，和错综复杂的心理因素，初蕾和致秀，几乎完全不见面了。即使偶尔碰到，初蕾也总是匆匆打个招呼，就急急地避开了。以往的亲昵笑闹还如在眼前，曾几何时，一对最知心的朋友，竟成陌路。

  这天是期终考，致秀算准了初蕾考完的时间，在教室门口捉住了她。不由分说地，她就拉着初蕾到了校园里，重新走在那杜鹃花丛中，走在那红豆树下，走在那已落叶的石榴树前，两人都有许多感慨，都有一肚子的话，却都无从说起。

  致秀看着那石榴树，现在，已结过了果，又在换新的叶子了，她呆怔怔地看着，就想起那个下午，她要安排大哥和初蕾的会面，却给了二哥机会，把初蕾带走了。她想着，不自禁地就叹了口长气。

初蕾也在看那石榴树，她在祷念那和石榴花同时消失的女孩。那充满欢乐、无忧无虑的女孩。于是，她也叹了口长气。

两个人都同时叹出气来，两人就不由自主地对望一眼，然后，友谊又在两人的眼底生起。然后，一层淡淡的微笑就都在两人唇边漾开。然后，致秀就一把握住了初蕾的手臂，热烈地叫了起来：

"初蕾，我从没得罪过你，我们和好吧！你别再躲着我，也别冷冰冰的，我们和好吧！自从你退出我们这个小圈子，我就变得好寂寞了。"

"你有了小方，还会寂寞？"初蕾调侃地问。

"你知道小方有多忙？马上就升正式医师，他每天都在医院里弄到三更半夜，每次来见我的时候，还是浑身的酒精药棉味！"

初蕾凝视着她，心里在想着母亲，母亲和她的牙牌。

"致秀，我给你一句忠告，当医生的太太会很苦。我爸算是世界上最好的男人了，他爱我妈，忠于我妈，但是，病人仍然占去他最大部分的时间！"

致秀愕然地望着初蕾，原来她还不知道！不知道夏寒山在水源路有个情妇？不知道那情妇已经大腹便便？是的，她当然不知道，致中和雨婷的交往，她也无从知道！她怎会晓得杜慕裳的存在！夏寒山一定瞒得密不透风，丈夫有外遇，太太和儿女永远最后知道。致秀咽了一口口水，把眼光调向身边的杜鹃，心里模糊地想着致中对她说过的话：

"你知道雨婷的妈妈是谁？她就是夏伯伯的情妇！"

"你怎么知道！少胡说！"她叱骂着致中。

"不信？不信你去问小方！不只是夏伯伯的好情妇，她还要给他生儿育女呢！"

小方证实了这件事。

她现在听着初蕾谈她爸爸，用崇拜的语气谈她爸爸，她忽然感到，初蕾生活在一个完全虚伪的世界里，而自己还懵然无知，于是，她就轻吁了口气。

"怎么，担心了？"初蕾问，以为致秀是因她的警告而叹息。她伸手拍拍致秀的肩，"不过，别烦恼，忙也有忙的好处，可以免得他走私啊！"

致秀紧蹙一下眉头，顺手摘下一片杜鹃花叶，她掩饰地把杜鹃花叶送到唇边去轻嗅着，忽然大发现似的说：

"嗨，有花苞了！"

"是该有花苞了呀！"初蕾说，"你不记得，每年都是放寒假的时候，杜鹃就开了。台湾的杜鹃花，开得特别早！"

"哦。"致秀望着初蕾，若有所思。她的心神在飘荡着，今天捉初蕾，原有一项特别用意，上次是石榴花初开，这次是杜鹃花初开……到底面前这朵"初蕾"啊，会"花落谁家"呢？

"你今天是怎么了？"初蕾推了她一把，"你眼巴巴地拖我到这儿来，是为了谈杜鹃花吗？你为什么东张西望，魂不守舍的？喂，"她微笑地说，"你没和小方吵架吧？如果小方欺侮你，你告诉我，我叫我爸爸整他！"

"没有，没有。"致秀慌忙说，"我和小方很好。我找你，是要告诉你一件事。"

"什么事？"

"我妈很想你，我爸也记挂你，还有——我大哥要我问候你！"

初蕾的脸孔一下子就变白了。

"你没有提你二哥，"她冷冰冰地接话，"我们不必逃避去谈他，我猜，他一定过得很快活，很充实，而且，有了——新的女朋友了吧？"

致秀的脸涨红了，她深深地盯着初蕾。

"你还——爱他？"她悄悄地问。

"我爱他？"初蕾的眼睛里冒着火，"我恨他，恨死了他，恨透了他！我想，我从没有爱过他！"

致秀侧着头打量她，似乎想看透她。

"初蕾，"她柔声说，伸手亲切地握住了初蕾的手，"我们不要谈二哥，好不好？你知道他就是这种个性，谁碰到他谁倒霉，他没有责任感，没有耐性，没有温柔体贴……他就是大哥说的，一个不折不扣的混蛋……"她深思地住了口，忽然问，"你知不知道，大哥和二哥打过两次架，大哥都打输了。"

"两次？"初蕾有点发呆。

"第一次，大哥的下巴打破了；第二次，嘴唇打裂了。他就是这样，从小没跟人打过架，不像二哥，是打架的好手。唉！"她叹口气，"大哥走了之后，我一定会非常非常想他。"

"走了之后？"初蕾猛吃了一惊，"你大哥要走到什么地方去？"

"你不知道吗？"致秀惊讶地问，"大哥没告诉过你？"

"我有——很久没见到你大哥了。"初蕾含糊地说，掩饰不住眼底的关切，"他要到哪儿去？又要上山吗？他不是已经写好了论文，马上就要升等了吗？"

"不是上山，"致秀满脸怅然之色，"他要走得很远很远，而且，三五年之内都不可能回来……他要出国了！到美国去！"

"出国？"初蕾像挨了一棍，脑子里轰然一响，心情就完全紊乱了，"他出国做什么？他是学中国文学的，国外没有他进修的机会，他去做什么？"

"去一家美国大学教中文。"致秀说，"那大学两年前就来台湾找人，大哥的教授推荐了他，可是，他不肯去，宁愿在国内当助教、讲师，慢慢往上爬。他说与其出去教外国人，不如在国内教中国人。但，今年，他忽然改变了主意，他决定应聘去当助教了。"

"可是……可是……"初蕾呆站在那儿，手扶着一棵不知名的小树，整个心思都乱得一塌糊涂，"可是，他的个性并不适合出国啊！"她喃喃地说，自己并不太明白在说些什么，"他太诗意，太谦和，太热情，太文雅……他是个典型的中国人，他……他……他到国外会吃苦，他会很寂寞，他……他……他是属于中国的，属于半古典的中国，他……他的才气呢？他那样才气纵横，出了国，他再也英雄无用武之地了。哦，"她大梦初醒似的望着致秀，急切而热烈地说，"你要劝他！致秀，你要劝他三思而后行！"

致秀眼中忽然有了雾气。她唇边浮起一丝含蓄的、深沉的微笑。然后，她轻轻挣脱了初蕾的掌握，低低地说：

"你自己跟他说，好不好？"

说完，她的身子就往后直退开去。在初蕾还没弄清楚是怎么回事以前，致文已经从那棵大红豆树后面转了出来，站在初蕾面前了。初蕾大惊失色，原来他一直躲在这儿！她猛悟到自己对他的评论都给他听到了，她反身就想跑，致文往前一跨，立即拦在她前面，他诚挚地叹了口气，急急地说：

"并不是成心要偷听你们谈话，致秀说你今天考完，要我来这儿跟你辞个行，总算大家在一起玩了这么多年。我来的时候，正好你们在谈我，我就……"

"辞行？"初蕾惊呼着，再也听不见其他的话，也没注意到致秀已经悄悄地溜了。她的眼睛睁得好大，一瞬不瞬地望着他，"难道，你的行期已经定了？"

"是的。二月初就要走，美国那方面，希望我能赶上春季班。"

"哦！"她呼出一口气来，默默地低下头去，望着脚下的落叶。突然间，就觉得落寞极了，萧索极了，苍凉极了。她不自觉地喃喃自语，"怪不得前人说，天下没有不散的筵席。这样……忽然地，大家说散就散了！"

他直挺挺地站在她面前，距离她不到一尺，他低头注视着她，眼底，那种令她心跳的光芒又在闪烁。他伸手扶住了她的肩，忽然低沉而沙哑地说了两个字：

"留我！"

"什么？"她不懂地问，心脏怦怦跳动。

"留我！"他再重复了一次，眼中的火焰燃烧得更炽烈了，"只要你说一句，要我留下来，我就不走！"

她瞪着他，微张着嘴，一语不发。半晌，他们就这样对视着。然后，她轻轻用舌尖润了润嘴唇：

"你这话是什么意思？"

他迎视着她的目光，一个字一个字地说：

"走，为你走！留，为你留！"

她立即闭上了眼睛。再张开眼睛的时候，她满眼眶全是泪水，她努力不让那泪珠掉下来，努力透过泪雾去看他，努力想维持一个冷静的笑容……但是，她全失败了，泪珠滚了下来，她看不清他，她也笑不出来。一阵寒风掠过，红豆树上撒下一大堆细碎的黄叶，落了她一头一身。她微微缩了缩脖子，似乎不胜寒瑟。她低语说：

"带我走，我不想在校园里哭。"

他没有忽略她的寒瑟，解下自己的外衣，披在她肩上，一句话也没说，他就拥着她走出了学校。

半小时以后，他们已经置身在一个温暖的咖啡馆里。雨果咖啡馆！很久很久以前，他曾在这儿听她诉说鲸鱼和沙漠的故事。现在，她缩在墙角，握着他递给她的热咖啡。她凝视着他，她的神情，比那个晚上更茫然失措。

"你知道，"她费力地，挣扎地说，"你没有义务为致中来还债！"她啜了一口咖啡，把杯子放在桌上。

他拼命地摇头。

"我不懂你为什么这样想。"他说。他的眼睛在灯光下闪亮，他伸过手去，抓住了她的手，"谢谢你刚刚在校园里说的那几句话，没有那几句话，我也不敢对你说，我以为，你心里从没有想到过我！"

她的脸绯红。

"怎么会没有想到过你？"她逃避地说，"我早就说过，你是个好哥哥！"好哥哥？又是"哥哥"？仅仅是"哥哥"？他抽了一口冷气。

"不是哥哥！"他忽然爆发了，忍无可忍了，他坚定地，有力地，冲口而出地说，"哥哥不能爱你，哥哥不能娶你！哥哥不能跟你共度一生！所以，决不是哥哥！以后，再也别说我是你的哥哥！"

她愕然抬头，定定地看着他。天哪！她的心为什么狂跳？天哪！她的头为什么昏沉？天哪！她的眼前为什么充满闪亮的光点？天哪！她的耳边为什么响起如梦的音乐？……她有好一段时间都不能呼吸，然后，她就大大地喘了口气，喃喃地说：

"你不知道你自己在说什么。你马上要出国了，离愁使你昏头昏脑……"

"胡说！"他轻叱着，眼睛更深幽了，更明亮了，"我知道我在说什么，知道我在做什么，我在做一件我早就该做的事……我在……请求你嫁给我！"

"啊！"她低呼着，慌乱而震惊，她把脸埋进了手心里。

但，他不许她逃避，他用手托住她的下巴，硬把她的脸抬了起来，他紧盯着她，追问着：

"怎样？答复我！如果我有希望，我会留在台湾，等你毕业。如果我没有希望，我马上就走！"

她不能呼吸，不能移动，不能说话……然后，她的脑子里，那思想的齿轮，就像风车似的旋转起来。他在向她求婚，他在向她求婚，他在向她求婚！可是，有什么不对，有什么不行，有什么可怕的阴影横亘在她面前，她战栗了，深深地战栗了。

"我说过，我不姓你家的姓！"她挣扎着说。

"那是你对致中说的话！"他说，眉毛蓦然紧蹙，他也在害怕了，他也看到那阴影了。他托住她下巴的手指变得冰冷，"请你不要把致中和我混为一谈！如果你心里念念不忘的，依然是致中，我决不勉强你！在你答复以前，请你想清楚……"他收回手来，燃起一支烟，他的手微微颤抖，声音却变得相当僵硬，他喷出一口浓浓的烟雾，"我并不想当致中的代替品！"

致中的代替品！这句话像利刃般刺痛了她，致中的代替品！她心中猛然冒起一股怒火。致中是什么东西？致中抛弃了她，而她还非要去选一个和致中有关的人物？现在，连他自己都说"不想当致中的代替品"，可见，他无法摆脱致中的影子！那么，致中呢？在致中心里的她又是怎样："我把她甩了！她只好嫁给我哥哥！"嫁给他？嫁给致文？然后和致中生活在同一个屋檐底下，世界上还能有比这个更荒唐的事吗？

还能有比这个更尴尬的事吗？她的背脊挺直了，她几乎已经看到致中那嘲弄的眼神，听到他那戏谑的声音：

"他妈的！除了咱们姓梁的，就没人要她！还嘴硬个什么劲？不姓我们家的姓，她能姓谁家的姓？"

她深抽一口冷气，觉得整个人都沉进了一个又深又冷的冰窖，冷得她所有的意志都冻僵了。

他在猛抽着烟，等待使他浑身紧张，使他神魂不定。通过那层烟雾，他也在仔细地、深刻地注视着她。他没有忽略她脸上任何一个细微的表情。她那越变越白的面颊，越变越冷的眼神，越变越僵硬的嘴角……这神态绞痛了他的心脏，抽痛了他的神经。她没有忘记他！甚至于，不能容许提到他呵！

"我已经想得很清楚了，"她倏地抬起头来，正视着他，"你走吧！去美国吧！我不能嫁你！"

果然！他晕眩地用手支住额，一口接一口地抽着烟，喉头紧缩而痛楚。半晌，他熄灭了烟蒂，抬起眼睛来，他望着她那冷冰冰的面庞：

"你不再多考虑几分钟？"他沙哑地问，强力地压制着自己那绝望的心情，他的声音仍然在期待中发抖，"我可以等，你不必这样快就答复我，或者明天，或者后天……等你想一想，我们再谈！"

"不用了！"她很快地说，"我已经想过了，我可以嫁给世界上任何一个人，就是不能嫁你！"

"为什么？"

"因为——"她咬牙闭了闭眼睛,"因为——因为你是致中的哥哥!"

他崩溃地靠进了沙发里,好一会儿默默无言。然后,他又掏出一支烟,燃着了打火机,他的手不听命令地颤抖着,好半天才把那支烟点着。收起了打火机,他努力地振作着自己,努力想维持自己声音的平静:

"我懂了。事实上,我早就懂了!你心里只有致中!我又做了一件很驴的事,对不对?我一生总是把事情安排得乱七八糟!说真的,我本来只想跟你辞行,只想跟你说一声再见。可是,在那红豆树后,我听到你和致秀的谈话,我以为……我以为……"他蓦然住了口,把烟蒂又扔进烟灰缸里,他低低地对自己诅咒,"说这些鬼话还有什么用!我是个不自量力的傻瓜!"他又抬起头来了,阴郁地看着她,"很好,你拒绝了我!你说得简单而干脆!你可以嫁给世界上任何一个人,只是除了我!因为我是梁致中的哥哥!我既无法把我身体中属于梁家的血液换掉,我更不能把自己变成梁致中!"他的眼睛红了,脖子直了,声音粗了,"如果我是梁致中,你就不会考虑了,对吗?如果我是梁致中,你就求之不得了,是吗?……"

她的眼睛睁得好大好大,听着他那语无伦次的、愤然的责难,她的心越来越痛,头脑越来越昏了。他在说些什么鬼话?他以为她拒绝他,是因为还爱着致中吗?他以为她是个害单思病的疯子吗?他以为她巴结着、求着要嫁给致中吗?她忽然从沙发里忽地站起来,往门外就走。

"够了！"她哑声低吼，"我要走了！"

他一伸手，抓住了她的胳膊，他没有抬头，也没有看她，他的声音低幽而固执，苍凉而沉痛：

"嫁给我！"

"什么？"她惊问，以为自己听错了。怎么又是这句话？她站住了，在他那固执的语气下，心动而神驰了。

"嫁给我，"他闷声说，"我愿意冒险！"

"冒什么险？"

"冒——致中的险！即使我是个代替品，我也认了！行了吗？"她怔了两秒钟，然后，屈辱的感觉就像浪潮一般对她卷来，悲痛、愤怒和被误解后的委屈把她给整个吞噬了。扬起手来，她几乎想给他一耳光。但是，她硬生生地压制住了自己。只是用力一扯，挣脱了他的掌握，她一甩头，有两滴泪珠洒在他手背上，她低语了一句：

"我希望你死掉！"

说完，她就踉跄着冲出了雨果，头也不回地冲到大街上去了。他仍然坐在那儿，用手指下意识地抚摸着手背上的泪珠，然后，他就颓然地把头整个埋进了掌心里。

第十四章

又是一个无眠的夜。

眼睁睁地等着黑夜过去，眼睁睁地熬过一分一秒，眼睁睁地看着黎明染白了窗子……失眠的滋味折磨着初蕾每一根神经，飞驰的思想在过去和未来中兜着圈子，似乎已经飞越了几千几万光年。怎样才能停止"思想"呢？怎样才能"关闭"感情呢？怎样才能"麻醉"意识呢？她闪动睫毛，眼睛已因为长久的无眠而胀痛，但是，却怎样都无法让它闭起来。

她下意识地瞪视着书桌，在逐渐透入窗隙的、微弱的曙光里，看到有个熟悉的、朦胧的黑影正耸立在那书桌上。那是什么？她模糊地想着，模糊地去分辨着那东西的形状：圆形的头颅，飘飞的短发，微向上扬的下颚……那是座雕像，她的雕像！致文用海滩上的树根雕塑的。那树根曾经绊了她一跤！她突然在某种震动下清醒了，突然在某种觉悟的意识下惊醒了。于是，脑海里就清清楚楚地响起了一句话，一句被埋葬在记忆底层的话：

"你有没有把'哥哥'和'朋友'的定义弄错？"

有没有弄错？有没有弄错？有没有弄错？她开始问着自己，一迭连声地问着自己。这问题本身还不重要，重要的是那问话的人，到底要表示什么？然后，另一句话又在她耳边敲响，像黎明的钟声一样敲响：

"我要把那个失去的你找回来！我要你知道，那欢笑狂放的你，是多么迷人，多么可爱！"

这句话刚刚消失，另一句又响了：

"如果你是我的女朋友，我不会让你掉一滴眼泪！"

接着，是那一吻的炽烈，一吻的缠绵，一吻的细腻，一吻的疯狂，一吻的甜蜜……她猛然从床上坐起来了，睁大眼睛。她瞪视着那雕像，就像瞪视着她自己，张着嘴，她对着那雕像喃喃自问：

"你疯了吗，夏初蕾？你是个白痴呵！"

是的，你是个白痴呵！他一次又一次地表示，一次又一次地试探，一次又一次地剖白……你全把它抛于脑后，而断定他给了你一个"安慰奖"？"安慰奖会使他夜以继日地为你雕像吗？""安慰奖会使他记得你的神韵风采吗？"然后，她又记起他昨天说的话：

"走，为你走！留，为你留！"

她的心狂跳，她的脑子昏沉。她用手猛拍着自己的额头，白痴呵！夏初蕾！疯子呵！夏初蕾！他自始至终在爱你呵！夏初蕾！为什么拒绝他？为什么拒绝他？因为他是梁致中的哥哥！你真爱梁致中吗？真爱吗？她脑子里忽然涌起一个记忆，很久以前的第一次，在那青草湖边，她曾为致中献上了她的初吻，她至今记得自己那时的情绪：没有心跳，没有晕眩，没有轻飘飘，也没有火辣辣，没有一切小说中描写的如痴如狂……她好冷静，冷静地在学习如何接吻，冷静地在猜测他吻过多少女孩子。吻完，她问的话也毫无诗意：

"你很老练啊，你第一次接吻是几岁？"

"十八岁！"

可恶！这是当时自己的感觉！因此，当他反问自己时，她那么扬扬得意地答了一句谎话：

"十四岁！"

她还记得他听到这三个字后的反应，他装得满不在乎，可是，她知道自己报复过了。

这是爱情吗？这是一场孩子的游戏呵！始终，她和致中的交往就像一场孩子的游戏！她真爱过致中吗？为什么致文的吻会使她陷入疯狂的燃烧，致中却使她在那儿冷静地分析？她坐在床上双手抱着膝，脑海里，各种回忆纷至沓来：自己有没有弄错？有没有弄错？有没有弄错？

"不是哥哥！"致文的声音，在坚定地响着，"哥哥不能爱你，哥哥不能娶你！哥哥不能跟你共度一生！所以，决不是哥哥！以后，再也别说我是你的哥哥！"

是的，不是哥哥！不是哥哥！不是哥哥！她脑子里在疯狂地叫喊着。随着这叫喊的音浪，是致文的脸，致文那令人心跳的眼光，致文那低沉热烈的声音：

"留我！"

怎么不留他？怎么不留他？怎么不留他？怎么拒绝他？白痴呵！你使他认为你心里只有致中！你一次又一次地伤害他，用致中来伤害他！白痴呵！你心里真的只有致中吗？你不过恨致中伤了你的自尊而已！是的，致中伤了你的自尊，而你，又如何去伤害致文的自尊呢？

"我可以嫁给世界上任何一个人，就是不能嫁你！因为你是致中的哥哥！"

白痴！白痴！白痴……她对自己叫了几百句白痴。你知道致中是个沙漠，你却让那海洋空在那儿，完全漠视那海浪的呼唤！白痴！你是一条鲸鱼，一条白痴鲸鱼！白痴鲸鱼就该干渴而死！

不，为什么要干渴而死？为什么要放弃那手边的幸福？为什么不投进那海洋的怀抱？她默想了几分钟，立即扑向身边的电话机。她心里有几千几万个声音，突然如同排山倒海般对她狂呼：打电话给他！打电话给他！自尊？去他的自尊！梁致文就是她的自尊，梁致文就是她的一切！自尊！再也不要去顾自尊！

她把电话线路拨到自己屋里，感谢电话局，有这种避免分机偷听的装置，她不想吵醒熟睡的父母。

压制住狂跳的心，压制住那奔放着的热情，她拨了梁家的号码。电话铃在响，一响，二响，三响……每一响都是对她的折磨，快啊，致文，接电话啊！

"喂！"终于，对方有了声音，含混不清的，带着睡意的、男性的声音，"哪一位？"

"喂！"她忽然有了怯意，这是谁？致文，还是致中？如果是致中，她要怎么说？

"喂！"对方似乎倏然清醒了，"是雨婷吗？你真早啊！你不用说话，我告诉你，十分钟以内，我来你家报到，怎样？"

她的心咚地一跳，是致中！那罪该万死的致中！她的直接反应，是想挂断电话。但是，立刻，她的脑筋清醒了。为什么要挂断它？为什么怕听致中的声音？如果现在她都不敢面对致中，以后呢？于是，她冷冷地开了口：

"我不是雨婷，"天知道，雨婷是个什么鬼，"我请致文听电话！"

"致文？"对方愣了愣，"你是——"他在狐疑。

"请让致文来听电话好吗？"她正经地说。

于是，她听到致中在扬着声音喊：

"致文！电话！"

她的心重新跳了起来，她的脸发烧，她整个胸口都热烘烘的了。然后，她终于听到了致文的声音：

"哪一位？"

"致文，"她的声音发颤了，"我是初蕾。"

"哦！"他轻呼了一声，声音疲倦而落寞，"有事吗？我先为——昨天的事道歉……"

"不要！"她急促地说，"我打电话给你，为了要说三个字，你别打断我的勇气。致文，留下来！"

对方突然沉默了，一点声音都没有了，连呼吸的声音都没有了。她大急，他生气了吗？他不懂她的意思吗？他没有听清楚吗？她急急地喊：

"致文，致文，你在吗？你在听吗？"

"我在听。"他的声音窒息而短促，"你是什么意思？不要开我玩笑，我昨夜一夜没有睡，现在脑筋还有一些糊涂，我好像听到你在说……"

"留下来！"她接话，有股热浪直冲向眼眶里。他也没睡，他也一夜没睡！"你不可以去美国，你不可以离开，我想了一整夜，你非留下来不可，为我！"

他再一次窒息。

"喂，致文？"她喊。

"你肯当面对我说这句话吗？"他终于问，声音里带着狂喜的震颤，"因为我不太肯相信电话，说不定是串线，说不定是接线生弄错了对象，说不定……"

"喂，"她几乎要哭了，原来喜悦也能让人流泪呵，"你马上来，让我当面对你说，我有许许多多话要对你说，说都说不完的话，你马上来！"

"好！"他说，却并没有挂断电话，"可是……可是……可是……"他结巴着。

"可是什么？"她问。

"可是，你真在电话的那一端吗？"他忽然提高声音问，"我有些……有些不舍得挂断，我怕……我去了，会发现只是一个荒谬的梦而已。"

"傻瓜！"她叫，"限你半小时以内赶来！别按门铃，不要吵醒爸爸妈妈！我会站在大门口等你！"

挂断了电话，她把脸埋在膝上，有几秒钟，她动也不动，只是让那喜悦的浪潮，像血液回流似的，在她体内周游一圈。然后，她就直跳起来，要赶快梳洗，要打扮漂亮，要穿件最好看最出色的衣服。她下了床，冲进洗手间，飞快地梳洗，镜子里，她眼眶微陷，而且，有淡淡的黑圈。该死！都是失眠的关系！但是，她那嫣红如酒的面颊，和那闪亮发光的眼睛弥补了这项缺陷。梳洗完毕，她又冲到衣柜前面，疯狂地把每件衣服都丢到床上。红的太艳，绿的太沉，黑的太素，白的太寡，灰的太老气，花的太火气，粉的太土气……最后，总算穿了件红色上衣，白呢长裤，外加一件白色绣小花的短披风。揽镜自视，也够娇艳，也够素雅，也够青春，也够帅气！

一切满意，她打开了房门，蹑手蹑足地走出去。太早了，可别吵醒爸爸妈妈，经过父母房门口时，她几乎是踮着脚尖的。但是，才走到那门口，门内就传来一声母亲的悲呼，这声音那么陌生，那么奇怪，那么充满了痛苦和挣扎，使她立即站住了。

"为什么？"母亲在说，"我已经忍了，我什么话都没说！你以为我不知道吗？水源路四百零三号四楼！你看！我知道得清清楚楚，可是，我不问你，我什么都忍了，为什么你还要离婚？"

离婚？初蕾脑子里轰然一响，完全惊呆了。父亲要和母亲离婚？可能吗？水源路四百零三号四楼，这是什么意思？她呆站在那房门口，动也不能动了。

"请你原谅我，念苹。"父亲的声音充满了苦恼，显得遥远而不真实，"你也知道，我们两人之间，冰冻三尺，非一日之寒！"

"说清楚一点！"母亲提高了声音。

"你一直像一个神，一个冰冷的神像，漂亮，高贵而不可侵犯。但是，杜慕裳是一个人，一个活生生的人，尤其，她是个完整的女人！只有在她面前，我才觉得自己也是个完整的男人！念苹，我们别讨论因果关系吧，我只能坦白说，我爱她！"

"你爱那个姓杜的女人？为了她，你宁可和我离婚？我们结婚二十二年了，你要离婚，你甚至不考虑初蕾？"

离婚？姓杜的女人？水源路？初蕾模糊地想着，顿时觉得像有无数炸弹在爆炸，炸碎了她的世界，炸碎了她的幸福！父亲变了心！她所崇拜的父亲！她心目中最完美的男人！他变了心！他有了另外一个女人！一个姓杜的女人！姓杜？杜？杜太太？不是杜太太？是她自己姓杜，她有个快死的女儿……她心里紊乱极了，紊乱、震惊而疼痛。某种悲愤的情绪，把她彻头彻尾地包围住了，那姓杜的女人，她居然敢打电话到家里来！召唤她的父亲，诱惑她的父亲！那个可恶的、姓杜的女人！她接过她的电话！

"初蕾大了，她该接受真实！"父亲的声音多冷漠！

"什么是真实？"母亲悲愤地喊，"你要我告诉她，你有个情妇？你要我告诉她，你为了那个寡妇要和我离婚？你要我告诉她，你爱上了她，因为她不高贵，不神圣，所以，是个完整的女人？换言之，因为她淫……"

"念苹！"父亲怒吼，"请注意你的风度！"

"风度？"母亲带泪的声音沉痛极了，"风度！这么些年来，我一直在维持我的风度，维持我的仪表，维持我的容貌，直到我把你维持到别人怀里去……"

"或者，你维持得太过分了！"

"这么说来，还都是我的错？"母亲吼叫了起来，"你从没告诉我，你需要一个淫荡的女人做太太……"

"念苹！"父亲暴怒地大叫，"你一定要用淫荡这两个字吗？你一定要歪曲事实吗？你不知道什么叫女性的温柔吗？慕裳没有你美丽，没有你有才气，没有你高贵！但是，她充满了女性的温柔……你知不知道，男人需要这份温柔，不只我需要，每个男人都需要！在很多时候，男人像个任性的孩子，要人去迁就，去崇拜，去依赖……我绝不是责备你，我也不是在推卸责任，我只是告诉你事实！慕裳之所以能抓住我，雨婷之所以能从初蕾手里抢走梁致中，都是同一个原因！"

雨婷？雨婷从初蕾手里抢走梁致中？雨婷？多熟悉的两个字！初蕾紧靠在墙上，觉得自己整个胃部都在翻腾，觉得五脏六腑都在搅扭。是了！雨婷！这就是刚刚致中提到的名字！原来她失去致中，是因为有个雨婷！原来有人从她手里抢走了致中！

"你是什么意思？"母亲的注意转移了方向，"雨婷是谁？和初蕾有什么关系？"

"雨婷就是杜慕裳的女儿！"父亲喊着，"让我告诉你，雨婷是个病恹恹的女孩，又瘦又小，一副发育不全的样子，才只有十八岁。她既没有初蕾漂亮，也没有初蕾活泼，而且，她还是个精神病患者，在心理上，有过分依赖的倾向。但是，她轻轻松松地就打败了初蕾，抢走了致中！她怎么做到的？因为她柔顺，因为她充满了女性的温柔……"

"啊！"母亲悲呼着，"你多残忍！是你带致中去见雨婷的吗？是吗？"

"间接说起来，是的，致中是因为我而认识雨婷……"

"夏寒山！"母亲厉声叫，"你还是不是人？你自己变心也罢了，你何苦毁掉初蕾的幸福？那母女两个是人还是妖怪，为什么一定要跟我家作对？母亲引诱了你，女儿引诱致中，她们是魔鬼投胎的吗？……"

"念苹！"

"你要我住口吗？我不会住口！你要爱她，你去爱她！我不离婚，决不离婚，死也不离婚……"

"念苹！"父亲的声音一变而为哀恳、忧伤、卑屈、低声下气，"求你！求你！我承认都是我的错，我不好，我对不起你，我也不敢求你原谅，只是，我一定要和她结婚……"

"为什么？"母亲的声音又软了，那语气是哽塞的，"她要求结婚吗？"

"她没有要求！她对我一向只有付与而没有要求！是我要

和她结婚！"

"为什么？"母亲啜泣了，"我并不管你，你可以和她来往，我不是一直在装傻吗？你为什么非和她结婚不可？你让我维持一个表面的幸福，都不行吗？你让初蕾对你维持尊敬……"

"因为——"父亲打断了母亲，"她怀了我的孩子！"

"啊！"母亲惨厉地悲啼。

初蕾再也听不下去了，再也控制不住了。母亲这声惨叫撕碎了她最后的意志，她觉得自己快发疯了，快发狂了，快崩溃了！在这一瞬间，她才知道自己一直生活在怎样虚伪的世界里！怎样恐怖的噩梦里！她一伸手，扭开了父母的房门，直冲进门，她对着床上的父亲，狂叫了出来：

"爸爸！你好，你好！你真好！你太好了！你真值得崇拜，值得依赖，值得顺从！你真是女人心目中的偶像！你不要胁迫妈妈，你不要欺侮妈妈！当你流连在别的女人怀里，妈妈只能坐在桌前玩牙牌灵数！你——"她咬牙切齿，愤然地一甩头，转身就往外跑，一面跑，一面发疯般地狂喊，"我要去找她们！我要看看她们是怎样充满女性的温柔！我要看看我们母女是败在什么人的手下！"

"初蕾！"寒山大喊，从床上跳下地来，"回来！初蕾！你听我解释！"

初蕾早已像旋风般卷下了楼梯，冲出客厅，穿过花园，她把大门打开，一头就撞在一个人身上，那人正像根电杆木一般挺立在门口。

"初蕾！"致文伸手抓住了她，立即，他变色了，"怎么了，初蕾？你有没有打电话叫我来？"他困惑地问，"你为什么脸色白得像纸？你怎么浑身发抖？你……你……你怎么了，初蕾？"

初蕾一把握住了他的胳膊，她的眼睛直直地盯着他：

"你也帮忙在隐瞒我吗？"她昏乱地问，"你也知道雨婷是谁吗？"

"雨婷？"致文的困惑更深了，"你是说——小方医生的雨婷？致中的雨婷？杜家的雨婷？"

"哦！"初蕾大喊，"原来你也知道！原来雨婷还是小方医生的？"她更昏乱了，"你为什么来找我？"她迷糊地问，"你为什么不也去找雨婷？难道你不知道，雨婷才有女性的温柔，而我一无所有吗？"

"初蕾！"致文惊愕地瞪大了眼睛，"你在说些什么？你打电话叫我来，是为了谈雨婷吗？"

她用发热的手握紧了他，用另一只手挥手叫住一辆计程车。

"你陪我去找她们！"她口齿不清地说，"你陪我去见识见识什么叫女性的温柔！"

车门开了，她把他拉上了车子。他是完全弄糊涂了，清晨接电话时的欣喜，化作了一片惊愕与茫然。他诧异地、担心地、迷惘地说："你到底要到哪儿去？"

"水源路四百零三号四楼！"她答得像背书般流利。

车子绝尘而去。

第十五章

　　当初蕾飞驰在水源路的河堤上时，雨婷正和致中在客厅里吃早餐，慕裳则穿着件晨褛，跑出跑进地给他们送牛奶，送烤面包，送果酱，送牛油……雨婷细心地把每块烤面包都切得小小的，再涂上牛油，再抹上果酱，再加上一片火腿，致中不爱吃火腿，她就细声细气地在他耳边哄着他：

　　"好人，你一定要吃，每天上班那么忙，要注意营养呵！好人，就算为我吃好吧！"

　　于是，致中再不爱吃，也就乖乖地吃下去了，一面吃，一面叽里咕噜着：

　　"我妈今天跟我提抗议了！"

　　"什么抗议？"

　　"她说难得有个星期天，我一清早就往外跑，她给我做了合子，我也不吃，到底人家给我吃了什么山珍海味，弄得我对家里的菜都不感兴趣了。如果她老人家知道我在这儿被迫吃洋火腿，她不把牙齿笑掉才怪！"

雨婷笑着扑在他肩上。

"什么叫合子？"她问。

"你连合子都不懂吗？"致中大惊小怪地说，"你真是个土包子！道地的土包子！"

她腻在他身上推了推他。

"好哩！土包子就土包子，人家是南方人，不懂你们北方人吃的东西嘛，你教我，我以后也好学着去做！"

"合子吗？"致中边吃边比画，"就是两边两片饼，当中有馅，把两片饼一合，把馅夹在中间，就叫合子。"

"哦！"雨婷说，"这个容易，我也会做！"她拿起两片面包，中间放上牛油、乳酪、蛋皮、火腿，把两片面包一合，递到致中的嘴边去，"你瞧，我也为你做了个合子，快吃吧！"

"你这是什么合子！"致中叫，"你这是三明治！"

"不是，不是！"雨婷笑着摇头，"你妈做的是中国合子，我做的是外国合子！"她娇滴滴地俯过头去，"好人，你要给我面子，人家做了半天，你就吃了吧！"

致中就着她的手，对那三明治咬了一口：

"你这样喂我，会把我喂成大胖子！来，你也吃一点！你要长胖些才好看！"

雨婷顺从地咬了一口，又递给他咬一口，他们就这样一人一口地吃着。她整个人，已经从他肩上腻到他怀里来了。他坐在沙发上，她就仰躺在沙发上，头枕着他的膝，不住把三明治往他嘴中送。门铃蓦然间急促地响起来，雨婷没动，仍然在喂致中吃东西，嘴里悄声说：

"是送牛奶的，妈会去拿！"

慕裳打开了门，只觉得眼前一花，一个穿着白色短披风的女孩子已经像旋风般卷进了房门。在她后面，跟着的是曾经见过一两次的梁致文。慕裳有些发愣，完全没有弄清楚是怎么回事，那女孩已经把她往前面一推，气势汹汹地站在房间正中了。

致中定睛看去，不自禁地吓了好大一跳，他推开雨婷，站起身来，愕然地说：

"初蕾！大哥，你们怎么会来这儿？"

初蕾挺立在那儿，一身的白，如玉树临风。她的脸色和她的披风几乎是同一种颜色，她目光灼灼，如同两盏在暗夜里发出强光的探照灯，对致中狠狠地看了一眼，然后，她的目光立刻调向他身边的雨婷。这时，雨婷已经被初蕾进门的架势吓住了，她不由自主地靠紧了致中，用双手抱住致中的胳膊，身子半隐在他身后，那小小的脑袋，如同受惊的小鸟，要寻求庇护似的，半藏在他的肩后，只露出一些眼角眉梢，对初蕾怯怯地窥视着。

初蕾盯着她，一瞬不瞬地盯着她，从她的头发，一直看到她那穿着蓝拖鞋的脚，雨婷今天是一身的蓝色，浅蓝的套头毛衣，宝蓝色的裙子，蓝色的拖鞋，脖子上，还随意地、装饰性地围着一条蓝格子围巾。她面容白皙而姣好，眼睛清亮而温柔……她那受惊吓的模样，确实是楚楚动人的。初蕾心中的怒火，像火山爆发般冲了出来，她恶狠狠地盯着雨婷，厉声说：

"好，好，好，你就是雨婷！你就是那个充满了女性温柔的雨婷！我总算见识到你了……"

致中一看，情况不妙，初蕾的样子完全是来找麻烦的，立即认为自己才是初蕾的目标。他本能地就往前迈了一步，挡在雨婷的面前，他微带怒声地说：

"初蕾，你要干什么，如果你要找我麻烦，我们最好别闹到别人家里来！我可以和你出去谈……"

"我为什么要和你出去谈？"初蕾挑高了眉毛，往前迈了一步，大声地叫着，"你给我滚开！我今天不是来找你！我来找雨婷。雨婷！你躲在后面装什么委屈样？你出来，让我看看你！看看你浑身有多少女性细胞……"

慕裳从惊愕中突然醒悟过来，初蕾！这就是夏寒山的女儿呀！这也就是致中以前的女友呵！初蕾，她是带着风暴来的，她是带着火药来的……这情况糟透了！她悄眼看那已经被吓傻了的雨婷，心里顿时乱成了一团。雨婷是禁不起打击的，她旧病初愈，不要新病复生。母性的本能使她飞快地走向前去，伸手试着去拉初蕾：

"初蕾，你不要激动，让我们好好地谈谈……"

初蕾一下子就拨开了她的手，往后倒退了一步，她的注意力从雨婷身上移到慕裳身上了。她又从上到下地打量慕裳，她云发蓬松，晨妆未整，穿着件紫色的晨褛，已掩饰不住那隆起的腹部。她不再年轻，虽然眉清目朗，脸上仍有岁月的痕迹。可是，她那眉目之间，却另有一股说不出的风韵，或者，这就是母亲所没有的吧！母亲华贵高雅，绝不是这种风韵犹存的、卖弄娇媚的女人！她挺直了背脊，直视着慕裳，吼叫着说：

"别碰我！你是什么人？也能叫我的名字！"

"我……我姓杜，"慕裳慌乱地说，"我，我……我是雨婷的母亲……"

"你是雨婷的母亲！"初蕾双手握紧了拳，激动地大嚷大叫，"你为什么不说，你是我爸爸的情妇？你为什么不说，你是勾引有妇之夫的风流寡妇！你为什么不说，你用一个莫名其妙的孩子来胁迫我父亲娶你……"

"啊！"慕裳惊呼着，踉跄后退，脸色立即大变，扶着沙发，她的身子摇摇欲坠。"不不不！"她悲切地低语，"不是这样，不是这样……"

"初蕾！"致中暴怒地叫了起来，"你是泼妇吗？你是疯子吗？你怎么这样胡言乱语？没有风度！"

"我是泼妇！我是疯子！"初蕾气得浑身发抖，眼睛涨得血红，"我胡言乱语，我没有风度！这世界就是这样荒谬，别人可以做最下流的事，却不允许说破！梁致中，你有风度，你朝三暮四，见异思迁！雨婷！你尽管抓牢他，我打赌你维持不到三天，三天后，他会移情别恋……"

"初蕾！"致中阻止地大喊，"你少在这儿挑拨离间！你别因为我把你甩了，你就到这里来发疯……"

"梁致中！"初蕾大怒，气得完全失去了理智，她愤然大吼，"你把我甩了！是吗？你把我甩了……"她越说越气，气得说不出话来，只是浑身簌簌发抖，"你……你……你这个无情无义的混蛋！你……"

一直在旁边傻傻旁观的致文，这时已忍无可忍，他冲上前去，握住初蕾的手臂，急急地说：

"咱们走吧！初蕾，你何苦要到这儿来找气受！你就少说两句吧！难道你不明白，你无论说什么，都无法改变已造成的事实！走吧！咱们走吧！别理他们！"他拉住她，试着把她往门外拖，"你想想，你这样大吵大闹，对你自己，有什么好处？只让别人觉得你没风度！"

初蕾挣开了致文，站在那儿，她的眼光落在致文的脸上了。她昏乱地，悲愤地，头脑不清地问：

"你也认为我没有风度，是不是？你也认为我是个泼妇，是不是？你也后悔追求我了，是不是？你也发现我没有女性的温柔了，是不是？你后悔了？你后悔还来得及，我并没有抓住你，我也没有诱惑你，你尽管离开我！到你的美国去！到你的地狱去！离开我！离我远远的！别来麻烦我！你们姓梁的，全是一丘之貉！"

"初蕾！"致文跺脚，脸发白了，"你把是非弄清楚，别这样缠夹不清吧！"

"她本就是个缠夹不清的疯丫头！"致中怒冲冲地说，"大哥，你还不把她拉出去！"

"谁敢碰我！"初蕾大吼，眼睛直了，脖子粗了，声音变了。她瞪视着致中，以及躲在致中身后的雨婷，"我是疯丫头？梁致中，你弄清楚，躲在你后面的那个小老鼠才是疯丫头！心理病态的疯丫头！你去问爸爸去！去问小方医生去！这个雨婷害的是什么病？精神病！她才是个疯子！她心理变态！她有精神分裂症……"

"妈妈呀！"雨婷发出一声尖锐的狂呼，身子往后就倒，致中一反手抱住了她。同时，慕裳也扑了过去，大叫着说：

"把她放平！给我一个枕头，赶快！冷毛巾，谁帮忙，给我去拿条冷毛巾！"

"她怎样了？"致文本能地伸长脖子，"什么地方有冷毛巾？"

"浴室！在后面浴室！"

致文奔进浴室去拿冷毛巾，一时间，房子里人仰马翻。致中拿着本书，拼命瞅着雨婷，慕裳翻开了雨婷的衣领，把头凑在她胸口去听她的心跳。致文拿了冷毛巾来了，热心地递给慕裳，大家都围在雨婷身边。雨婷平躺在地毯上，双目紧合，脸色惨白，似乎已了无生气。

致中抬起头来了，眼睛里像要喷出火来，他怒视着初蕾，大叫着说：

"看你做的好事！看你做的好事！如果她损伤了一根毫毛，我会要你的命！"

初蕾看着满屋子的人都为雨婷奔走，包括致文在内，她心如刀割，头脑早已昏昏然，神志早已茫茫然，只觉得心里的怨气及怒气，像海啸似的在她体内喧扰翻腾，汹涌澎湃。致中的吼叫更加刺激了她，她昂起下巴，大声地、激烈地、不假思索地叫了回去：

"哈！晕倒了！她真娇弱呵，动不动就会晕倒！这就是女性的温柔吧！晕倒啊！她真晕倒了吗？你们为什么不拿根针刺刺她，看看是不是真晕倒了？装病装痛装晕倒，这是十八世纪的方式……"

地上动也不动的雨婷，忽然直挺挺地坐了起来，睁开眼睛。她看着初蕾，然后，她悲呼了一句：

"妈妈呀！"

就又倒回去了。

慕裳望着初蕾，她满眼眶都是泪水，她求饶地、祈谅地、哀恳地、悲伤地望着她，痛苦地挣扎地说出一句话来：

"初蕾，你发发慈悲吧！"

"发发慈悲？"初蕾怪叫，"老虎吃了人，叫啃剩的骨头发慈悲？你勾引了我的父亲，拆散了我的家庭，毁灭了我的幸福，撕碎了我的快乐……而你，居然叫我发发慈悲？天下有这种道理？世上有这种怪事……"

"初蕾，住口！"

忽然间，门口发出一声低沉的、权威性的、有力的大吼，大家都抬起头来，是夏寒山！他正拦门而立，沉痛地注视着初蕾。慕裳一见到寒山，如同来了救星，她悲喜交集，情不自禁地就站起身来，奔到他身边，满面泪痕，她呜咽着，啜泣着喊：

"寒山！"

喊完，她就忘形地扑向了他，寒山看她泪痕满脸，心已经痛了，他伸出手去，本能地把她揽进了怀里。初蕾转过身子，定定地望着这一幕。她呼吸急促，她的胸部在剧烈地起伏，她深抽口气，尖锐地说：

"好啊！爸爸！你总算赶来了！赶来保护你的情妇？你以为我会吃掉她吗？好啊！真亲热啊！原来这就叫女性的温柔！我真该学习，眼泪啊，晕倒啊……爸爸，养不教，父之过！你从没有教过我，怎么样去勾引男人……"

"初蕾！"寒山怒喊，"你在说些什么？你怎么一点规矩都没有？你简直像个没教养的……"

"没教养？"初蕾一步一步地走近了她父亲，她的眼睛发直，眼光凌厉，"我没教养吗？爸爸！你有没有弄错？我的毛病是出在教养太好了！你一直教我做个淑女，因此，我保不住我的男朋友！爸爸，你该教我怎样做个荡妇，免得我在结婚二十二年之后，失去我的丈夫……"

"初蕾！住口！"寒山放开慕裳，双手捉住了初蕾的胳膊，给了她一阵没头没脑的摇撼，"住口！你这个莫名其妙的混蛋！"

"我是混蛋！爸爸，你骂的？"初蕾睁大了眼睛，泪水终于涌进了她的眼眶，她定定地看着父亲，又掉头去看那站在一边的慕裳，"没关系，爸爸，这个女人会给你生一个清蛋！只希望你不要戴绿帽子，能对你献身的女人，也可能对别的男人献身……"

"住口！住口！住口！"寒山疯狂地摇着初蕾，初蕾被摇得头发散了，披风歪了，牙齿和牙齿打战了，她挣扎着，仍然不肯停口，她厉声地大叫：

"爸爸！你是伪君子！伪君子！伪君子……"

啪的一声，寒山对着初蕾的面颊，狠狠地抽去一耳光。初蕾踉跄着后退了好几步。寒山追过去，又给了她一耳光。当他再扬起手来的时候，致文大叫了一声：

"夏伯伯！"

同时，慕裳也飞快地扑了过去，死命地抱住夏寒山的手臂，哭泣着喊：

"寒山！你不要发疯！怎么能因为我们的错误，而去打孩子？是我不好，是我不对，是我做错了！我以为对你单纯的奉献，不会伤害别人，我不知道，即使是奉献，也会伤害别人！我错了！我错了！我错了！"

寒山闭上眼睛，一把抱住了慕裳，眼眶里也盈满了泪水。初蕾低俯着头站在那儿，她的头发遮住了面颊，她缓缓地抬起头来，嘴角边，有一丝血迹正慢慢地流出来，她用手背擦擦嘴角，看看手背上的血迹，她再抬头看着那紧拥在一块的寒山和慕裳。然后，她又微侧过头去，用眼角扫向致中和雨婷。不知何时，雨婷已经醒了，或者，她从来没有晕倒过。她仍坐在原地，头倚在致中的怀里，致中紧抱着她的头，呆呆地望着他们。初蕾怔了两秒钟，室内，有种火山爆发前的沉寂。然后，初蕾用力一甩头，把头发甩向脑后，她一个字一个字地说：

"爸爸！你打我！你可以打我！你应该打得更重一点，打掉我心目中崇拜的偶像，打掉我对你的尊敬，打掉我对你的爱心！打死我！免得我再看见你们两个！打死我！免得我要面对我的父亲和他的情妇！你们——是一对奸夫……"

致文冲了过去，一把用手蒙住了初蕾的嘴，他紧紧地蒙住她的嘴。傻瓜！你不能少说两句吗？你一定要再挨上两耳光吗？初蕾用力地挣脱开致文，她转向致文，觉得窒息而昏乱，觉得全世界都在和她作对，她不信任地望着致文，喃喃地问：

"你也要对我用武力吗？你也帮着他们？"

说完，她悲呼一声，顿觉四面楚歌，此屋竟无容身之地！她转过身子，像箭一般地射向门口，直冲出去。致文大急，他狂喊着说：

"初蕾！你不要误会，我拉你，是怕你吃亏！初蕾！初蕾！你别跑，初蕾……"

初蕾已经像旋风般卷出了大门，直冲下四层楼，她跑得那么急，几乎是连滚带爬地摔下了四层楼。致文紧追在后面，不住口地喊着：

"初蕾！你等我！初蕾！你听我解释！"

屋里，寒山忽然惊醒过来，一阵尖锐的痛楚就像鞭子似的抽在他心脏上。他打了她！打了他唯一的一个女儿！从小当珍珠宝贝般宠着的女儿！他最最心爱的女儿！他打了她！他竟然打了她！他心中大痛，推开慕裳，他也转身追出了屋外。

初蕾已跑出了公寓，泪水疯狂地迸流在她的脸上，挡住了她的视线。她毫无目的地狂奔着，在四面车声喇叭声中，她沿着水源路的河堤往前奔。她没有思想，没有意识，满心中燃烧着的，只是一股炽烈的压抑之气。她奔上河堤，又奔上那座横卧在淡水河上的水泥桥。在狂怒的、悲愤的、痛楚的情绪中，只是奔跑……奔跑……跑向那不可知的未来。

"初蕾！初蕾！初蕾！"

致文狂喊着，紧追在她身后。他也失去了思想，失去了意识，唯一的目标，只是要追上她，只是要向她解释，只是要把她拥在怀里，吻去她的悲苦和惨痛。他狂追着，狂追着，狂追着……追向那不可知的未来。

初蕾奔跑在桥上，觉得自己发疯般地想逃避一些东西，逃避那屋里的耻辱，逃避人生的悲剧，逃避自己的悲愤……一低头，她看到桥下是滚滚流水，她连想都没有想，就蓦然间，对那流水飞跃而下。

"初蕾！"

致文惨呼，直冲上去，已救之不及。他眼看她那白色的身子，在流水中翻滚，再被激流卷去。他也想都没有想，就跟着她一跃而下。桥上交通大乱，人声鼎沸。夏寒山眼看着女儿飞跃下水，又看着致文飞跃下水，他觉得自己的血液全冻结了起来。他惊呼着冲过去，抓住桥栏杆，他往下望，初蕾那披着白披风的身子已被流水冲往下游，冲得老远。而致文呢？致文……

"致文！"

他惨叫，眼看着致文被冲向河岸，而那架巨大的挖石机伸长了巨灵之掌，向下冲了下去，对着致文的身子冲下去。

"致文！"

他再度号叫。

挖石机轧轧地响着，人声尖叫着，警笛狂鸣着，四面一片混乱。夏寒山呆立在那儿，在这一瞬间，他只觉得整个世界，都变成了一片空白。

第十六章

初蕾的意识在半昏迷中。

有无数的海浪在包围她，冲击她，卷涌她，淹没她，窒息她……她在挣扎，在那海浪里挣扎。不，那不是海浪，海浪不会如此滚烫，烫得像火山口里喷出来的岩浆，是的，这是岩浆，火山里喷出来的岩浆，一股又一股，一波又一波，像浪潮般在吞噬她。无数的红色的焰苗，在她眼前迸现，那滚烫的浪潮像一层熊熊大火，淹没了她，也燃烧了她，她不能呼吸，她不能喘气，她挣扎着要喊叫，岩浆就从她嘴里灌进去，烫伤了她的五脏六腑。

在那尖锐的痛楚中，在那五脏六腑的翻搅下，在那火焰般燃烧的炙热里，她意识的底层，还有一部分的思想在活动，一部分模糊不清的思想，跟着那火焰一起扑向她。火焰里，有父亲、母亲、致中、雨婷、慕裳和致文！那一张张的脸，重叠着，交替着，在火焰中扑向了她。于是，那蠢动着的思想，就在浪潮里冒了出来，挣扎着提醒她一些事情：爸爸要和妈妈离婚！那个姓杜的女人！雨婷和她女性的温柔！致文要到美国去，致文要到美国去？致文要到美国去？她转侧着头，拼命想集中自己的思想，集中自己的意志。然后，她就在各方面纷至沓来的思潮里，抓住了一个最重要的目标。不，致文，你别走！不，致文，我有好多话好多话要告诉你！不，致文，我没有骂你！不，致文，你要听我说，听我说，听我说……可是，致文的脸怎么那样模糊，怎么那样遥远，他在后退，他在离开她，他在涣散，他在消失……她恐惧地伸出手去，发出一声惊天动地般的狂喊：

"致文！"

这一喊，她似乎有些清醒了，她依稀发现自己躺在一张床上。床？怎么会在床上？她不清楚，她也不想弄清楚。有只温柔的、凉凉的手抓住了她在虚空中摸索的手。同时，有只冰袋压在她的额上，带来片刻的清凉。她转侧着头，喃喃地，口齿不清地呓语着：

"致文……你过来，致文，我……我……我要对你说，致文，你不要走！致文，你陪我找爸爸去！我爸爸，我爸爸……"

她挣扎着，所有的意识，又像乱麻一般纠缠在一起，她扯不出头绪。而那火焰又开始烧灼她，烧灼她，烧灼她，烧得她每一根神经都灸痛起来。"我爸爸呢？致文，我爸爸在哪里？他……他是最好的爸爸，我……我要找他去！致文，我们找他去，找他去……"她忽然睁开眼睛，茫然回视，"爸爸！爸爸！"

"初蕾，我在这儿！"她似乎听到有个声音在耳边说，那熟悉的，父亲的声音！然后，有只手在抚摸自己，自己的额，自己的面颊，为什么父亲的声音哽塞而战栗：

"初蕾，原谅我！初蕾，原谅我！"

父亲的声音又远去了，飘散了，火焰继续在淹没她，继续在吞噬她。她挣扎又挣扎，却挣扎不出那熊熊的大火，那岩浆从头顶对她扑过来，她哭喊着，求救着：

"不要烧我！不要淹我！不要！不要！哦，让那火焰熄灭吧！啊，不要烧我，不要，不要……"

有只手抓住了自己的胳膊，有人在给她注射。模糊中，她似乎听到母亲在哭泣，哭泣着问：

"她……会死吗？"

"我不会……让她死。"是父亲的声音。

死？为什么在谈论死亡？她不要死，她还有好多事要做，她不要死！她要找致文，致文不适合出国，要告诉致文，要留他下来！要告诉致文，要告诉致文，要告诉致文……她的意识逐渐消失，思想逐渐涣散，听觉逐渐模糊。沉重，什么都是沉重的，沉重的头，沉重的身子，沉重的手脚，沉重的意识……她睡了。

时间不知道过去了多久，她又浑浑噩噩地醒觉过来，听到一个好遥远好遥远的声音在说：

"烧退了。夏太太，别哭了，她会好起来！"

会好起来？原来，她病了。她想。

她挣扎着睁开眼睛，眼前是一片朦胧，所有的东西都是朦胧的：台灯、墙壁、母亲的脸……母亲的脸！母亲的脸像水雾里的影子，遥远，模糊而不真实。她眨动眼帘，努力去集中视线。

"妈妈！"她叫。奇怪着，自己的声音怎么那样陌生而沙哑！"妈妈！"她再叫。

念苹一下子扑到床边来，用双手紧捧住她的脸。她啜泣地，激动地，惊喜交集地喊：

"初蕾！你醒了？你总算醒了！你认得我吗？初蕾，你看看！你认得吗？"

妈妈，你真傻，我怎么会不认得你？她看着母亲，你为什么哭了？你为什么伤心？她举起手来，想去拭掉母亲的泪痕，但是，她的手多么沉重啊，她才抬起来，就又无力地垂下去了。念苹立即握紧住她的手，一迭连声地问：

"你要什么东西？我给你拿！躺着别动！"

她凝视着母亲，模糊的视线逐渐变为清晰。妈妈，你怎么这样瘦啊？妈妈，你老了！你的头发都白了！她忽然惊跳，怎么？自己病了好几年了吗？为什么母亲都老了？她惊惶地转头张望，这是自己的卧室，书桌依然在那儿，壁纸依然是金色的小碎花，只是，在屋角，有个陌生的白衣护士正推着个医用小车，上面放满了瓶瓶罐罐……怎么？自己病了？为什么病了？她蹙紧眉头，记忆的底层，有一大段空白，她怎么都想不起来。

"妈，"她迷糊地说，"我在生病？"

"是的！"念苹急急地说，摸她的额，又摸她的手，悲喜交集，而语不成声，"你病了一段日子，现在，都好了，你马上就会好了！"

"我病了——很久了？"她神思恍惚，记忆中，自己被海水淹过，被烈火烧过，似乎已经烧炼了几千几百万年。

"是的，"念苹坐在她身边，泪水盈眶，"差不多有两个多月了。前一个月，你住在医院里，后来，我们把你搬回家来，照顾起来方便些。这位王小姐，已经整整照顾你两个月了。"

哦，只有两个月！并不是几千几百万年！她皱起眉头，极力思索，什么都想不起来。再深入地去凝想，她整个脑袋就像撕裂般地疼痛。

"我——生了什么病？"她困惑地问。

什么病？念苹瞪视着她，原来她已经记不起来，原来她都忘了！幸好她记不起来，幸好她都忘了！念苹深吸了口气，嗫嚅地回答：

"是……是……是一场严重的脑炎。"

"脑炎？"她蹙眉，"怪不得——我脑子里像烧火一样。"她忽然想起了什么，"寒假——过去了吧？"

"放心，我们已经帮你办了休学，你只差一份研究报告，以后可以再补学分。"

"哦！"她闭上眼睛，累极了，累得不想说话，累得不想思想，眼皮沉重得像铅块，只是往下坠。她含糊地、口齿不清地又问了一句，"爸爸呢？"

念苹沉默了两秒钟。

"他去医院了。是他把你救过来的，为了你，他几天几晚都没有睡……他尽了他的全力……"她忽然住口，发现她已经睡着了。初蕾这一觉睡得又香又沉，睡了不知道多久。然后，她又醒了，她的意识逐渐恢复的时候，她听到有人在她床边低低地谈话。她没有睁开眼睛，只是下意识地去捕捉那谈话的音浪：

"……她什么都不记得了。"是母亲的声音，"我告诉她，她害了脑炎。"

"她——有没有再提起致文？"是父亲的声音。那声音低沉而喑哑。

"没有。她只问起你。对别人，她一个字也没提。"

父亲默不作声。"或者我们可以瞒过去。"母亲小心翼翼地说，"她高烧了那么久，会不会失去那一部分的记忆？"

"我很怀疑。"父亲低哼着，忽然警告地说了句，"嘘！别说了，她醒了！"

初蕾眨动着睫毛，睁开眼睛来。父亲的脸正面对着自己，眼睛深深地凝视着她。怎么？爸也老了！他的眼角都是皱纹，他的面颊憔悴得像大病初愈，他的鬓边全是白发。他老了！他不再是那个风度翩翩、具有男性魅力的中年医生了。为什么？只为了她大病一场？可怜的爸爸！可怜的妈妈！

"爸爸，"她低低地叫，尝试要给父亲一个微笑，"对不起，我让你操了好多心！"

夏寒山心头蓦然一痛，眼眶就发热了，他握紧了女儿的手，一句话都说不出来。是的，她都忘了！她什么都记不得了，她昏迷时呼唤过的名字，她现在都记不得了。可能吗？上帝会如此仁慈地给她这"遗忘症"吗？他怀疑。他更深刻地注视着她。

"爸，"她疑惑地看着父亲那湿润的眼角，"我一定病得很厉害，是不是？我把你们都吓坏了？"

"初蕾，"寒山用手指抚摸她的面颊，她那消瘦得不成形的面颊。他的声音哽塞，"我们差一点失去了你。"

哦，怪不得！她的睫毛闪了闪，陷入一份深深的沉思里。记忆的深处，有那么个名字，那么个又亲切又关怀的名字！她冲口而出：

"致文呢？他为什么不来看我？"她忽然兴奋了起来，生命的泉源又充沛地流进了她的血液里，奇迹似的燃亮了她的眼睛。她急促而热烈地说，"妈，你去叫致文来，我有话要跟他说，我有好多话要跟他说！你去叫致文来！"

念苹愣住了，脸色惨白。

"致文？"她愣愣地问。

"是的，致文哪！"兴奋仍然燃烧着她，她伸手抓住了母亲的手，"你打电话去找他！别找错了，是致文，不是致中！那天早晨，我打电话叫他来，我就是有好多话好多话要对他说，后来……后来……后来……"

她的眼睛睁大了，定定地看着天花板。后来怎样了？后来怎样了？后来怎样了？那记忆的齿轮又开始在脑海里疯狂地旋转。那记忆是一架风车，每扇木板上都有个模糊的画面，那风车在旋转，不停地旋转，周而复始地旋转，那画面越转越清晰，越转越鲜明：父母的争执，姓杜的女人，雨婷和致中，水源路上的宾士，杜家客厅的一幕，父亲打了她耳光，她奔出那客厅，以至一跃下水……

"妈妈！"她狂喊，恐怖地狂喊，从床上直跳了起来，"妈妈！"

念苹一把抱住了初蕾，把她紧紧地、紧紧地拥在胸前。她知道她记起来了，但是，她记住了多少？她用手压住初蕾的头，啜泣地摇撼着她，像摇撼一个小婴儿。她吸着鼻子，含泪地说：

"别怕！别怕！都过去了。初蕾，就当它是个噩梦吧，都过去了！都过去了！只是，傻孩子，你既然想起来了，我就说，以后再有不如意的事，你怎么样都不可以寻死！千不管，万不管，你还有个妈妈呀！"

寻死？她脑中有些昏沉，寻死？她何尝要寻死？她只是怄极了，气极了，气得失去理智了，才会有那忘形的一跳。那么，记忆是真实的了，那么，记忆并没有欺骗她了，她推开母亲，倒回到枕头上。

"我真的跳了水？"她模糊地问，"是真的了？我从桥上跳下水去？不，"她转动眼珠，"我不是自杀，我是气昏头了，我不知道为什么会往水里跳！"她的眼光和夏寒山的接触了。她就定定地望着夏寒山，夏寒山也定定地望着她。一时间，屋子里是死一样的沉寂。

父女两个默默地对视着，在这对视中，初蕾已经记起了在杜家所发生的每一件事，记起了自己说的每一句话，记起了那丝丝缕缕和点点滴滴。她凝视着父亲，这个被她深爱着、崇拜着、敬仰着的男人！她凝视着他，只看见他沉痛的眼神，憔悴的面庞和鬓边的白发。

寒山迎视着女儿的目光，在她的眼睛里，他看出她已经记起了每一件事，他无从逃避这目光，无从逃避她对他的批判。他打过了她，他已经不再是她心目中的伟人，他打碎了她的幻想，甚至几乎打碎了她的生命！现在，她用这对朗朗如晨星的眸子注视他，他却无法窥探出她心中的思想。

父女两个继续对视着。

好久好久之后，初蕾轻轻地抬起手来，她用手轻触着父亲的面颊，轻触着他那长满胡髭的下巴，她终于开了口，她的声音深沉而成熟：

"爸爸！原谅我！"

寒山用牙齿紧咬住嘴唇，几乎不相信自己的耳朵。这是他想讲而讲不出口的话啊！他呆看着她。

"原谅我！"她继续说，声音成熟得像个大人，她不再是个任性的小女孩了，"我那天的表现一定坏极了，是不是？坏得不能再坏了，是不是？你们宠坏了我，使我受不了一点点挫折。对不起，爸爸，我希望我没有闯更大的祸！"她的手钩住了寒山的脖子，用力地把他拉向了自己，她哭着喊了出来，"我爱你，爸爸！"

寒山紧搂住初蕾，眼泪终于夺眶而出，在一边呆站着的念苹，也忍不住泪如雨下。一时间，屋里三个人，都流着泪，都唏嘘不已，都有恍如隔世、再度重逢的感觉。

经过这一番折腾，初蕾又累了，累极了。但是，她的神志却非常清楚。寒山抬起头来，细心地拭去她面颊上的泪痕，他仍然深深地凝视着她，低低地，柔声地，歉然地说：

"初蕾，你一直是个好孩子，一个善良而纯洁的好孩子，我抱歉——让你发现，成人的世界，往往不像想象中那么美丽。"

初蕾仰躺在那儿，眼睛一瞬不瞬。

"那要看——我们对美丽这两个字所下的定义，是不是？"她问。

寒山轻叹了一声，是的，这孩子被河水一冲，居然冲成大人了，她那"童话时期"是结束了。他不知道，对初蕾而言，这到底是幸福还是不幸？许多时候，"幸福"的定义，也和"美丽"一样，从不同的角度看，会有不同的答案。

初蕾望着父亲，她还有许多问题要问，两个多月以来，她的生命是一片空白，她不知道，这两月间到底有些什么变化？父亲还要和母亲离婚吗？那个姓杜的女人怎样了？致中和雨婷又怎样了？致文呢？致文该是最没有变化的一个人，但是，他为什么不来看她？难道，他出国去了？是了！那天在杜家，她也曾对致文大肆咆哮，她是那么会迁怒于人的！她气走了致文？又一次气走了致文？她的眼珠转动着，心脏在怦怦跳动。

"初蕾，"寒山在仔细"阅读"着她的思想，"我知道，你有几千几百个问题要问，但是，你的身体还很弱，许多事也不是三言两语能讲得清楚。你先安心养病，等过几天，你的精神恢复了，我们再详细谈，好不好？"

初蕾点了点头，鼓着勇气说：

"我什么都不问，只问一件事。"

"什么事？"寒山的心提升到喉咙口。

"致文是不是出国了？"

寒山脑子里轰然一响，最怕她问致文，她仍然是问致文。他盯着她，立即了解了一件事，她跳水之后，根本就什么都不知道了。她完全不晓得致文也跟着她跳下了水。他脑子里飞快地转着念头，就用手扶住初蕾，很快地说：

"你只许问这一个问题，我答复了你，你就要睡觉，不可以再多问了。"

"好。"初蕾应着，"可是不许骗我。"

"他没有出国。"寒山沉声说，用棉被盖好了她，从她身边站起来了，"现在，你该守信用睡觉了！"

初蕾的心在欢唱了，她长长地透出一口气来。

"那么，他是不是在生我的气？"她忍不住又问。

"说好你只能问一个问题！"

她伸手抓住了父亲的衣角。

"好，我不再问问题，只请你帮我做件事！"

"什么事？"寒山的心再度升到了喉咙口。

"你去把他找来！"

"找谁？"寒山无力地问。

"致文呀！我有话要跟他讲！"

寒山倏然间回过头来，他眼眶发热。

"你不可以再讲话，你必须休息！"他哑声说，几乎是命令性地。

初蕾变色了。她睁大了眼睛，微张着嘴，突然间崩溃了。她哭了起来，泪珠像泉水般涌出，沿着眼角，滚落到枕头上去。

"我知道，"她悲切地低喊着，"你们骗我！你们骗我！他走了！他出国了！他跟我生气了，他出国了！"她啜泣着，绝望地把头埋进枕头里，"他甚至不等我清醒过来，我有几千几万句话要对他说！"念苹再也控制不住自己，她扑过去，用手扶住初蕾的头，把她的脸转过来，她盯着初蕾，含泪嚷：

"不是！初蕾！致文没有跟你生气，他爱你爱得发疯，爱得无法跟你生气！他不能来看你，就因为他太爱你！我们谁都没有想到过，他会对你这样！"

"我不懂！妈妈！我不懂！"初蕾喊着，"如果他爱我，他为什么不来？你打电话给他，妈妈，你打电话给他！我不骄傲了，我不任性了，我也没有自尊了，我要见他！妈妈！我要见他！"

"初蕾，我告诉你……"

"念苹！"寒山警告地喊。

"寒山，"念苹转向寒山，"你告诉她吧！你把事实告诉她吧！长痛不如短痛，她总要面对真实！"

"爸爸！"初蕾面如白纸，"到底怎么了？告诉我！求你告诉我！到底发生了什么事情？他和致中又打架了？他被致中杀掉了？爸爸呀！"她用手抱着头，狂喊着，"求你告诉我吧！"

"好，"寒山下了决心，他坐在床前的椅子里，用手按住她，"我告诉你，但是你必须冷静！"

初蕾咬牙点了点头。

"记得你跳水那天吗？"寒山凝视着她。

她再点点头。

"你刚跳下去，致文也跟着跳下去了。"他说，面部的肌肉因痛苦而扭曲。

她睁大了眼睛，不信任地。

"他疯了吗？"她说，"他要救我吗？"

"可能是疯了，也可能是要救你！"寒山咬牙说，"总之，他看见你跳下去，他也跟着跳下去。那天的河水很急，你被一直冲到下游，才被营救人员捞起来，天气很冷，你捞起来的时候几乎已经没气了……"

"他呢？"她打断了父亲，眼珠黝黑得像两泓不见底的深潭，她的声音空洞，深邃而麻木，"死了，是吗？我被救活了，他——淹死了，是吗？"

"不，不是这样。"他下意识地燃起一支烟，抽了一口。当时的情景仍然触目惊心，他的声音颤抖着，"激流把他冲到了岸边，当时有一架在工作中的挖石机，那挖石机的铁手正好对他的身子挖下去……"他停住了。

初蕾的脸上毫无表情，眼睛更深更黑了。

"他是这样死的？"她问。

"他没有死，"他吐着烟，眼睛望着烟雾，声音忽然平静了，疲倦而平静，"我把他弄回医院，连夜间，我召集了外科、骨科、神经科、血液科、麻醉科……各科的医生会诊，我们尽了我们的全力，几乎一个星期，我们都没有合眼睡过，我们接好了他断掉的骨头，缝好了他的伤口，他没有死，可是……"他又停了。

"他残废了？毁了容？"

"更严重一些。他现在是一具——活尸。"

"怎么讲？什么叫活尸？"

"他不能行动，他没有思想，他没有感觉，他躺在那儿，只是活着，有呼吸，除此之外，他什么能力都没有。我们用尽各种方法，不能让他恢复意识。"

"可是——"她用舌尖舔着干燥的嘴唇，"你会治好他，是不是？"

"我不能说。初蕾，知道王晓民吗？她被车子撞倒后，已经昏迷了十几年。"

初蕾不再说话，她注视着天花板，脸上一点表情都没有，她平静得出奇。

"他还在医院里吗？"她问。

"他父母把他接回去了。我仍然每天去他家看他。"

她又不说话了，只是望着天花板发呆，她呼吸平稳，面容宁静，眼睛深不可测。

"但是，他没有死，是吗？"

"没有死——"寒山小心翼翼地，"并不表示就不会死，你要了解……"

"我了解，"她打断了父亲，"反正，我们每个人都会死！"她忽然掀开棉被，从床上滑到地毯上，扶着床，她试着要站起来。

"你干什么？"念苹惊呼着，一把扶住她。

她双腿一软，人整个往地板上栽去。寒山抱住了她，她气喘吁吁地靠在他手腕上。"我要去看他。"她说，剧烈地喘着气，"我有——好多好多话要跟他说。"

"他听不见呀！"念苹含泪嚷，"他什么都听不见呀！"

"可是，"她喘得更凶了，"我有——好多好多话要——要——跟他说！"

"你可以去跟他说！"寒山把她抱回床上，坚定地看着她，"但是，你先要让你自己好起来，让你自己有能力去看他，是不是？"她把瘦骨嶙峋的手臂伸给父亲。

"给我打针！"她喘得上气不接下气，"让我好起来！我有……有……好多话……要跟他说！"

寒山默默地望着她，站起身来，他真的去拿一管针药，注射到她的手腕里。一面揉着她的手腕，他一面眼看着她在那药力下，逐渐入睡了。她的眼皮沉重地合了下来，意识在逐渐飘散，嘴里，她仍然在喃喃地说着：

"我要去看他！我……我有……好多好多话……要跟他说！"

第十七章

在接下来的一段日子中，初蕾变得非常安静，她不再吵着闹着要去看致文。只是一心一意地接受着父亲给她的治疗，以及母亲刻意为她做的营养品。她乖得出奇，顺从得出奇，合作得出奇。要她吃她就吃，要她睡她就睡，要她打针就打针，要她吃药就吃药。连夏寒山都说，再也找不到比她更合作的病人了。念苹却深深了解，她之所以如此顺从与合作，只是希望自己能快些好起来，快些可以出门，快些去看致文。

在这一段复元期中，初蕾虽然不多问什么，但是，念苹却已经把这两个多月来的变化和发展，简单扼要地告诉初蕾了。她故意说得轻描淡写，初蕾却听得很专心。

"你知道吗？我见过杜慕裳了。"念苹一边帮初蕾调牛奶，一边说。因为初蕾已经在痊愈期中，那特别护士王小姐早就辞退了，"不是我去见她的，是她来看我，那时，你还在昏迷中。"

初蕾不语，只用关怀的眸子看着母亲。

"杜慕裳给我的印象，完全出乎我的意料之外，我原以为她是个妖媚的女人，谁知一见面，才知道她淡雅宜人而落落大方。那时，你病得很重，我也万念俱灰，我告诉她，我同意离婚，成全他们了。哪知，我话才出口，她就哭了，她说如果她曾有独占你爸爸的心，她就死无葬身之地。她请求我原谅，表示即将离去……"她试了试牛奶的温度，送到初蕾面前。初蕾半坐在床上，接过了牛奶，慢慢地啜着。念苹笑了笑。"奇怪，我当时就原谅了她。不只原谅了她，我看她大腹便便，身材臃肿，我忽然了解了一件事，当你深爱一个男人的时候，你会牺牲自己。我从没有为你父亲牺牲太多，你爸爸有一部分话是对的，我在某些方面，是把自己维持得太好了。我以我的方式来爱你爸爸，但是，这是不够的……套一句你的话，初蕾，你爸爸是一条鲸鱼。我，虽然不至于是沙漠，却也仅仅只是个小池塘而已。当鲸鱼在水塘里干渴了二十二年以后，你怎能不允许它游向海洋？"

初蕾感动地看着母亲，不自觉地伸出手去，握住了母亲的手。念苹又对她笑了笑，这笑容竟有些羞涩。

"很不可理解的一件事发生了，我不恨她，不怨她，当时，就有种奇怪的友谊，在我们之间产生了。我们谈了一会儿，无法得到结论。当晚，你爸爸回来，我告诉他，我已见过慕裳，而且同意离婚了。"

初蕾不自觉地蹙了一下眉，双手捧住了牛奶杯，仿佛要从杯子里寻求温暖似的。"你爸爸愣了，立刻，他抱住了我，一迭连声地对我喊出几千几万个'不'字！他说：二十几年的婚姻生活，既无法一刀斩断，失而复得的女儿，会成为我们永久的联系！他说他不要离婚了。我问他又如何处置慕裳，他呆了很久，只对我说了一句话：'薄命怜她甘作妾！'于是，我哭了，你爸爸也流泪了。"她停了停，凝视着初蕾，半晌，才又说下去，"或者，这个世界和法律，甚至世俗的观念，都不允许一个男人同时有两个女人，但是，仔细想想看，在这社会上，几个男人是真正只有一个女人的？我为什么该恨慕裳呢？只因为她和我有共同的鉴赏力，我们爱了同一个男人！许多观念，都是人为的。古时候，一个男人三妻四妾，往往深闺中也一团和气，我既然生来不是海洋，总应该有容忍海洋的气度。"她又停了停，对初蕾温和地微笑着，"或者，我和你父亲间的问题并没有解决，或者，还会有意外的变化，我不知道，但是，目前，我过得很心安理得，所以，希望你也能了解，能接受它。"

初蕾放下了牛奶杯，她深深地望着母亲，然后，用胳膊紧拥着念苹的脖子，她低低地说：

"妈妈，我爱你！"然后，她们之间，就不再谈起慕裳了。

有一天，初蕾淡淡地问了句：

"雨婷怎样了？"

"她吗？"念苹微笑着，"你把她治好了！"

"我把她治好了？"初蕾愕然地问。

"据说，她在你面前晕倒，你给了她一顿狠狠的痛骂，又说她有心理变态，精神分裂症什么的。她这一生，从没有人敢正面对她说这种话，你这一骂，反而把她骂醒了。她现在正努力在改变自己，勤练钢琴和声乐，预备暑假里去考音乐专科学校。”

“哦！”初蕾怔了怔。“致中跟她还是很好吧？”她淡淡地问。

“听说很好。梁家——经过这次大事，都很受影响，致中也成熟多了，不再那么跋扈了。我想——他终于可以稳定下来了，何况，雨婷对于他，是千依百顺、言听计从的，雨婷是他需要的类型。”

初蕾默然片刻，低声自语了一句：

“她是他的海洋。”

“你说什么？”念苹没听清楚。

“没什么。”初蕾疲倦地躺了下来，轻叹了一声，“这下，是各得其所了，只除了……”她又叹了口气，合上了眼睛不再说话了。四月底，天气热了，太阳整日绚烂地照射着。初蕾已恢复了大半，她可以下床行动，也常到花园里晒晒太阳。当她还没有去看致文之前，致秀却先来看她了。

那是一个下午，她坐在花园里，正对着满园的春色发呆。自从病后，初蕾就仿佛变成了另一个人，她安静，不说话，不笑，常常独自一坐好几个小时，只是默默地沉思。致秀的来访，给她带来了极大的意外和震动。

“致秀，致秀，”她抓着致秀的手，热烈地摇撼着，“我以为你不要理我了，我以为你们全家都跟我生气了！我……我……我闯了这样一个滔天大祸！”

致秀这才惊觉到，他们统统忽略了一件事，谁也没有告诉过她，梁家对于这件事的反应。原来，她除了哀伤致文的病体之外，还在自责自恨、自怨自艾中。

　　"初蕾，你怎么想的？"致秀拉了一张椅子，坐在初蕾身边，热情地、激动地说，"我们没有任何人怪你，爸爸说得好，一切都是命中注定！这事怎能怪你呢？又不是你拉着大哥跳河的，是他自己往下跳的！"

　　"还是怪我！都怪我！全怪我！"初蕾叫了起来，"致秀，你不知道，我打电话叫他来，我拉着他去杜家，我对他又吼又叫……如果我不打电话给他，如果我不拉他去杜家，如果我不神经发作去跳河……哦！"她用手抱着头，"人生最悲哀的事，就是你做一件事的时候，永远不会料到这事的后果！"

　　"你不要自怨自艾吧，你不要伤心吧！"致秀含泪说，"夏伯伯每天在给大哥治疗，说不定有一天，他又会清醒过来，说不定，他又会好起来！"

　　初蕾把头埋在膝上，她默然不语。因为，她深深明白，这"有一天"是多么渺茫，多么不可信赖的。她不用问父亲，每天，她只看父亲回家的脸色，就知道一切答案了。夏寒山从梁家回来后的脸色，是一天比一天难看，一天比一天萧索了。

　　"初蕾，"致秀伸手拍拍她的肩，"我今天来看你，除了叫你好好养病以外，我还给你带了两件东西来！"

　　"什么东西？"初蕾从膝上抬起头来。

　　"我们今天整理了大哥的房间……"致秀说，眼神黯淡而凄楚，声音里忽然充满了哽塞，"我在他的抽屉里，发现了两件东西，我想，你会对它有兴趣。"

她从口袋里，掏出了一张折叠着的信笺，递给初蕾，初蕾接了过来，打开那信笺，她惊愕地发现，这是一封信，一封只写了一半的信，她一看到那熟悉的飘逸的字迹，她的心就怦然而动了。她贪婪地、飞快地去阅读那内容：

初蕾：

　　我终于提笔写这封信给你，因为，我已经决定要离开你，离开台北，离开我生长二十七年的家庭，远到异域去了。这一去，不知道再相逢何日，因此，多少我藏在内心的话，多少我无从倾吐的话，我都决心一吐为快了。

　　记得第一次见你，你才读大一，头发短短的，像个小男生。你在我家客厅里，和我赌背唐诗，赌念《长恨歌》，赌背《琵琶行》，你朗朗成诵，笑语如珠，天真烂漫，而又娇艳逗人。从那一日起，我就知道我完了，知道我被捕捉了，知道命中注定，你会成为我生命的主宰！

　　可是，你的心里并没有我。致中爽朗热情，豪放不羁，潇洒如原野上奔驰的野马！他吸引你，你吸引他，我眼看你们一步步走向恋爱的路。我想，我生来的缺点，就在于缺乏主动，我无法和我自己的弟弟来争夺你！但是，天知道！有一段日子我痛苦得快发疯了。我躲避到山上，无法忘记你。我走到郊外，无法忘记你。我埋头在论文中，仍然无法忘记你！我吃饭，你出现在饭碗中；我喝水，你出现在茶杯里；我凭栏，你出现在月色下；我倚窗，你出现在黎明里……为你，我挨过许许多多长夜，为你，我忍受过许许多多痛苦……唉，现在写这些，不知你看了，会不会嘲笑我？或者，我不会有勇气把这封信投邮，那么你就永远看不到它了。我想，我又在做一件傻事，我实在不该写这封信，我只是要发泄，要痛痛快快地发泄一下！

记得你第一次在雨果，告诉我你是一条鲸鱼的事吗？

你不知道，当时我多么激动！我真想向你伸出手去，大喊着说：

"我就是你的海洋！为什么不投向我？"

但是，我没说。中国传统的道德观念拴住了我，我真恨自己不像致中那样富有侵略性，那样积极而善争辩。我想，我之所以不能得到你的心，也在于这项缺点。我顾虑太多，为别人想得太多，又有一份很可怜的自卑感，我总觉得我不如致中，我配不上你！多少次，我想抱住你，对你狂喊上一千万句"我爱你"，可是，最后都化为一声叹息。我就是这样懦弱的，我就是这样自卑的，我就是这样畏缩的，难怪，你不爱我！我自己都无法爱我自己！我实在不如致中！

　　初蕾，你的选择并没有错，错在你的个性。你有一副最洒脱的外表，却有副最脆弱而纤细的感情。致中粗枝大叶，不拘小节，你却那么易感，那么容易受伤。于是，致中一次又一次地伤害你，弄得你终日郁郁寡欢，直至以泪洗面。知道吗？初蕾，你每次流泪，我心如刀割。我真恨致中，恨他使你流泪，恨他使你伤心，恨他不懂得珍惜你这份感情……哦，初蕾，如果你是我的，我会怎样用我整个心灵来呵护你，来慰藉你。噢，如果你是我的！

　　我开始试探了，我开始表示了，但是，初蕾，我只是自取其辱，而对你伤害更深。相信我，我如果可以牺牲我自己的生命，来换取你的幸福，我也是在所不惜的。这话说得很傻，你一定又要嘲笑我言不由衷。算我没有说过吧！

　　记得在你家屋后的树林里，我曾送你一个雕像吗？记得那天，你曾问我有关"一颗红豆"的故事吗？我现在，可以告诉你那个故事了！如果你不累，你就静静地听……

　　这封信只写到这里为止，下面没有了。初蕾读到这儿，早已泪流满面，而泣不可抑。泪水一滴滴落在信笺上，溶化了那些字迹。她珍惜地用衣角抹去信笺上的泪痕，再把信笺紧压在自己的胸口。转过头来，她望着致秀，抽噎着问：

"为什么这封信只写了一半？"

"我不知道。"致秀坦白地说，"我猜，写到这里，他的傻劲又发了，他可能觉得自己很无聊。而且，我想，他从一开始就不准备寄出这封信的，他只是满怀心事，借此发泄而已。"

"可惜，"初蕾拭了拭眼睛喃喃地说，"我无从知道那个红豆的故事了！"

"我知道。"致秀低语。

"你知道？"她惊愕地问。

"记得去年夏天，石榴花刚开的那个下午吗？"致秀问，"我曾经说那朵石榴花就像你的名字。"

"是的，"初蕾低低地说，眉梢轻蹙，陷进某种久远以前的回忆里，"就是那个下午，致中到学校来接我，我们去了青草湖，就……"她咽住了。

"你知不知道，那天大哥也到学校来找你？"

"哦！"她惊呼着，记忆中，校门口那一幕又回来了，她坐上致中的车子，抱住他的腰，依稀看到致文正跳下一辆计程车，她以为是她眼花了……原来，他真的来过了！

"大哥在校门口，亲眼看到你和二哥坐在摩托车上去了。"致秀继续说，神情惨淡，"他一直想追你，一直在爱你，直到那天下午，他知道他绝望了。我们在校园里谈你，我想，他是绝望极了，伤心极了，但是，他表现得还蛮有风度。后来，他在校园的红豆树下，捡起了一颗红豆，当时，他握着红豆，念了几句古里古怪的话，他说那是刘大白的诗……"

"是谁把心里相思，种成红豆？待我来碾豆成尘，看还有相思没有？"初蕾喃喃地念了出来。

致秀惊讶地望着她。

"对了！就是这几句！原来你也知道这首诗！"致秀说，"我想，所谓红豆的故事，也就是指这件事而言，因为——我还有第二样东西要给你！"

她递了过去。一颗滴溜圆、鲜红欲滴的红豆！初蕾凝视着那红豆，那熟悉的红豆，那曾有一面之缘的红豆！"改天你要告诉我这个故事！"她说的，她何曾去窥探过他的内心深处？红豆！一颗红豆！红豆鲜艳如旧，人能如旧否？

致秀悄悄地再递过来一张信笺，信笺上有一首小诗：

算来一颗红豆，能有相思几斗？
欲舍又难抛，听尽雨残更漏！
只是一颗红豆，带来浓情如酒，
欲舍又难抛，愁肠怎生禁受？
为何一颗红豆，让人思前想后？
欲舍又难抛，拼却此生消瘦！
唯有一颗红豆，滴溜清圆如旧，
欲舍又难抛，此情问君知否？

她念着这首诗，念着，念着……一遍，两遍，三遍……然后，她把这首小诗折叠起来，把信笺也折叠起来，连同那颗红豆，一起放进了外衣的口袋里。她抬头看着致秀，她眼里已没有泪水，却燃烧着两小簇炽烈的火焰，她那苍白的面颊发红了，红得像在烧火，她脸上的表情古怪而奇异，有某种野性的、坚定的、不顾一切的固执。有某种炽热的、疯狂的、令人心惊的激情。她伸手握住致秀的手，她的手心也是滚烫的。

"我们走！"她简单地说，从椅子里站起身来。

"走到哪儿去？"致秀不解地。

"去找你大哥啊，"她跺了一下脚，不耐地说，"我有许多话要对他说！我还要——问他一些事情，我要问问清楚！"

"初蕾！"致秀愕然地叫，摇撼着她，想把她摇醒过来，"你糊涂了？他现在什么都不知道，听不到，看不到，感觉不到！……他完全没有知觉，怎么能够回答你的问题？难道夏伯伯没告诉你……"

"我知道！"初蕾打断了她，"我还是要问问他去！我有好多好多话要对他说！"她径直就向大门外面走，致秀急了，她一把抱住她，苦恼地，焦灼地，悲哀地大喊：

"初蕾，你醒醒吧！你别糊涂吧！他听不见，他真的听不见呀！"她后悔了，后悔拿什么信笺、红豆和小诗来。她含泪叫，"我不知道你是这样子！我不该把那些东西拿来！我真傻！我不该把那些东西拿来！"

"你该的！"初蕾清清楚楚地说，"信是写给我的，小诗为我作的，红豆为我藏的，为什么不该给我？"她又往大门外走，"我们找他去！"

"夏伯母！"致秀大叫。

念苹慌慌张张地赶来了。

"怎么了？怎么了？"她问。为了让她们这一对闺中密友谈点知心话，她一直很识趣地躲在屋里。

"夏伯母，"致秀求救地说，"她要去找我大哥！你劝她进去吧！"

初蕾抬起头来，坚定地看着母亲。

"妈，"她冷静地，清晰地，坚定地说，"你知道，我一直要去看他！我已经好了，我不发烧了，我很健康了，我可以去看他了！"

念苹注视着女儿，她眼里慢慢地充盈了泪水。点点头，她对致秀说：

"你让她去吧！她等这一天已经等了很久了！"

"可是……可是……"致秀含泪跺脚，"伯母，您怎能让她去？大哥现在的样子……她看了……她看了……她看了非伤心不可！她病得东倒西歪的，何苦去受这个罪？初蕾，你就别去吧！"

初蕾定定地看着致秀。

"他确实还活着，是吗？"她一个字一个字地问。

"是的。'仅仅'是活着。"致秀特别强调了"仅仅"两个字。

"那就行了。"她又往门外走。

致秀甩了甩头，豁出去了，她伸手抓住初蕾。

"好，我们去！"她说，"但是，初蕾，请你记住，大哥已经瘦得不成人形，以前的风度翩翩，都成过去式了。"

初蕾站住了，凝视致秀：

"他现在很丑吗？"

"是的。"

她展然而笑了。"那就不要紧了。"她说，如释重负似的。

"什么不要紧了？"致秀听不懂。

"我现在也很丑，"她低语，"我一直怕他看了不喜欢，如果他也很丑，咱们就扯平了。"

致秀呆住了，她是完全呆住了。"怕他看了不喜欢"，天哪！讲了半天，她还以为他能"看"吗？

第十八章

初蕾和致秀赶到梁家的时候，已经是黄昏了。

初蕾一路上都很兴奋，反常的兴奋，不只兴奋，她还相当激动。可是，她却什么话都不说，只是用那对特别闪亮的眼睛闪烁着去看致秀，然后又用她那发热的手，紧紧地握着致秀。她不时给致秀一个可爱的微笑，似乎在对致秀说：

"你放心，我不会再闯祸了！"

但，她这微笑，却使致秀更加担心了。她真不知道，把初蕾带回家来，到底是智还是不智？

在梁家门口，她们才跨下计程车，就和刚下班回家的致中撞了个正着。自从杜家事件以后，初蕾和梁家的人就都没见过面。致中倏然见到初蕾，就不由自主地一愣。不论怎么说，当初他和初蕾玩过好过，初蕾那日大闹杜家，终于造成难以挽回的大祸，他总是原因之一，事后，他也深引为咎。现在，突然和初蕾重逢，他就有些慌乱、惶惑，甚至手足失措起来。初蕾却径直走向了他，她微仰着头，很文静，很自然，很深沉地注视着他，低低地说了一句：

"致中，好久没见了。"

致中的不安更扩大了，他望着面前这张脸，她瘦了，瘦得整个下巴尖尖的，瘦得眼眶凹了下去，瘦得双颊如削……但，她那对闪烁着火焰的眼睛，那因兴奋而布满红晕的面颊，那浑身充斥着的某种热烈的激情，使她仍然周身焕发着光彩。她看来那么熟悉，而又那么陌生。两个多月，她似乎已经脱胎换骨。在原有的美丽以外，却又加上了几分近乎成熟的忧郁。

"初蕾，"他嗫嚅着，"听说你病得很厉害，恭喜你复元了。"他觉得自己忽然变得很笨拙，那种尴尬和不安的情绪仍然控制着他。

她难以觉察地笑了笑。

"有件事情我要拜托你。"她说。

"是的。"他应着，心里有种荒谬的感觉，他们之间的对白，好像彼此是一对疏远而礼貌的客人。

"请你代我转告雨婷……有一天，我希望能听到她弹琴唱歌。"

"哦！"他傻傻地应着，不知道该说什么好。

"好了！"初蕾蓦然间脸色一正，眉间眼底，就布满了严肃和庄重。她伸出左手，拉住致秀，又伸出右手，拉住致中，沉声地说，"我们一起去看致文去！"

"噢！"致中一愣，飞快地看了致秀一眼，"你……你要去看致文？"

"是的！"初蕾坚定地点点头，"你们跟我一起来！"她语气里，有种强大的让人无法抗拒的力量，"我有许许多多的话要跟致文说，我希望——你们也在旁边，万一他听不清楚，你们可以帮他听！"

"初蕾？"致中愕然地看看她，又转头去看致秀。致秀给了他无可奈何的一瞥。于是，他们走进了梁家。

梁太太突然看到初蕾，真不知是悲是喜，是艾是怨，是恨是怜，她只惊呼了一声：

"初蕾！"就立刻泪眼模糊了。初蕾放开致秀和致中，她走上前去，用手臂圈住梁太太的脖子，紧紧地拥抱了她一下。认识梁家已经四年，这是第一次她有这种亲昵的举动。她做得那样自然，就好像一个女儿在拥抱妈妈似的。使那秉性善良而热情的梁太太，顿时就泪如泉涌。如果她曾怨恨过初蕾给梁家带来厄运，也在这一刹那间，那轻微的怨艾之情，就烟消云散了。

"我来看致文。"初蕾简短地说，用自己的衣袖去擦拭梁太太的泪痕，她仍然不记得带手帕，"他在他自己的房里，是吗？"她转身就向致文的卧房走去。

梁太太回过神来，她很快地拦住了她。

"让我先进去整理一下。"她说。

初蕾摇摇头，轻轻推开了梁太太，她挺了挺背脊，往致文的卧室走去，到了房门口，她回头看着致中、致秀和梁太太：

"请你们一起进来，好吗？"

她神色中的那份庄严，那份宁静，那份令人不可抗拒的力量，使致秀等人都眩惑了，都糊涂了，大家都身不由己地跟在她后面，走进了致文的卧室。

初蕾推开房门的一刹那，就被那扑鼻而来的药水味、酒精味、消毒药品味呛住了。但，她并没有停滞，她径直走到致文的床边，站在床前，她定定地看着致文，一瞬不瞬地看着致文——如果那个僵躺在床上，像一副骷髅般的躯体，还算是致文的话——她静静地，动也不动地看着他。

好一会儿，她只是站在那里，然后，她更近地移向床前。致文仰躺着，面色如蜡，颧骨高耸，头发稀稀落落的，似乎已脱去大半，眼睛紧合着……整个面部，只像一具尸体，一具僵硬而无知的尸体，一具丑陋的尸体。他浑身还插满了管子，那些维持生命的必需品，就借这些管子流进他的体内。另外，还有些生命的渣滓，要借这些管子排出体外。他的双手，静静地垂在身体两边，那手臂上找不出肌肉，只是一层枯黄的皮，包着两支木柴，那手指佝偻着……使初蕾联想到老鹰的脚爪。

室内好安静，好安静，虽然有五个人，却几乎连呼吸的声音都听不到。致秀并没有看致文，她每日照顾致文，对他的情况状态已十分熟悉。她只是看着初蕾，她看不出她的思想，也看不出她的感觉。她那小小的、庄严的脸庞上，仍然是一片宁静与坚决。

"好，致文，我总算看到你了！"她忽然开了口，声音镇静而安详，甚至，还有着喜悦的味道。她再往前跨一步，为了接近致文的头，她在那床前跪了下来。她又说："看到你，我就放心了，你知道，你跟我开了一个大玩笑，我以为你已经死了。还好，你活着，只要你活着，我就要告诉你好多好多话！"

梁太太不自禁往前迈了一步，想要阻止这徒劳的诉说。致秀伸手拉住了梁太太，悄声说：

"你让她说，她已经憋得太久了。"

初蕾伸出手去，轻轻地抚摸了一下致文的面颊，就像在抚摸一个熟睡的孩子。她凝视着他，又开始说：

"致文，你实在很坏！你坏极了！我现在回忆起来，仍然不能不怪你，不能不怨你！你想想看，从我认识你和致中以来，我和致中又疯又闹，又玩又笑，我和你呢？我所有的知心话都对你说，我考坏了会来告诉你，我委屈了会来告诉你，我高兴了也会来告诉你。致文，你知道我是半个孩子，我始终没有很成熟，我分不出爱情跟友情的区别，我分不出自己是爱你还是爱致中。但是，致文，你该了解的，你该体会出，我和你，是在做心灵的沟通，我和致中，是在做儿童的游戏！但是，你那该死的士大夫观念，你那该死的道德观念，你那该死的谦让和你那该死的自卑感，你迟迟不发动攻势，竟使我倒向了致中的怀里。"

她停了停，喘口气，她又说：

"今天致中也在这儿，你母亲你妹妹都在这儿，我说的每一句话，都发自我的心灵深处，我要让他们都听见，都了解我在说什么。"她又顿了顿,"致文,或者,我不该怪你,不该责备你,不该埋怨你!原谅我,致文,我的老毛病又发了,我总是推卸责任,迁怒于人。不不,我不能怪你!要怪,都怪我自己。这些年来,你并非没有表示,但是,你太含蓄了,你太谦和了,你使我误认为你只是个哥哥,而没想到你会是我的爱人!你知道我什么时候才开始醒悟的?就是那个早上,去杜家的早上,我打电话叫你来,那时,我就是要告诉你,我错了!我懂得你了!我了解你了!而且,我也了解我自己了!我知道这一年来都是错误,我所深爱的,实在不是致中,而是你!"

她的头轻扑在床沿上,泪水涌进了她的眼眶,她有片刻的沉默,然后,她又毅然地抬起头来:

"记得你躲到山上去写论文的那段日子吗?我每天和致中混在一起。但是,我那么想你,发疯似的想你,你母亲可以做证,我是天天在等待你的归来,不过,我那么糊涂,那么懵懂,那么孩子气,我并不知道这种期待的情怀就是爱情!没有人教过我什么叫爱情,记得你从山上回来的那天吗?在雨果,我看到你就快活得要发疯了!我告诉你我和致中的距离,我告诉你我心中的感觉,我告诉你我是一条鲸鱼……而你,你这个傻瓜,你怎么不会像你信里面所写的,对我说一句:'我就是你的海洋,投向我!'你记得你当时说了些什么吗?你说了一连串致中的优点,要我对致中不要灰心,甚至于,你说:'你放心,我去帮你把沙漠变成海洋!'哦!致文,你是傻瓜,你是天下最大的傻瓜!我是不懂爱情,你却连表示爱情都不会吗？"

有两滴泪珠落在床沿上，她抬起带泪的眸子，看着他那僵硬的、毫无表情的脸。

"你知道吗？我和致中后来已经那么勉强了，听到他的电话我会害怕，听到你的电话我就喜悦而兴奋了。多傻啊，我仍然不知道我在爱你！是的，我不能完全怪你，我也是傻瓜，傻透了的傻瓜！我后来自己批评过我自己，我是一条白鲸，不是梅尔维尔笔下的白鲸，我是一条白痴鲸鱼！是的，我是个白痴！你该怪我，你该骂我的！记得在那小树林里吗？你给了我一张印着石榴花的卡片，上面的小诗我早已背得滚瓜烂熟：昨夜榴花初着雨，一朵轻盈娇欲语。但愿天涯解花人，莫负柔情千万缕！致文，哦，致文！这就是你表示爱情的方式吗？我却把那'解花人'三个字，误解是致中，认为这只是一张祝福卡！然后，你送了我那个雕像，你告诉我，你怎样不眠不休地为我塑像，记得吗？我那天哭得像个小傻瓜。我和致中在一起也常哭，每次都是被他气哭的。只有在你面前，我会因为欢乐和感动而流泪。但是，我这个白痴啊，我还不知道我在爱你！当你问我：'你有没有把哥哥和男朋友的定义弄错？'我依然没有听懂！哦，致文，我多笨，我多傻，我多糊涂！该死的不是你！是我！我该死！我该下地狱！现在，我可以坦白地告诉你，也告诉致中，我从头到尾就弄错了！致中是我的哥哥，你，才是我的爱人！"

她吸了吸鼻子，眼睛仍然盯紧着致文。满屋子的人都听呆了，听傻了，听怔住了。大家都默不作声，傻傻地站在那儿倾听着，倾听一番最沉痛的、最坦率的、最真挚的、最热情的倾诉！

"记得你为我和致中吵架吗？你说过：如果我是你的女朋友，你不会让我掉一滴眼泪！那是第一次，我考虑过，你可能爱上了我。你知道，那时我曾经多么震动过，我心跳，我狂喜，我期盼……然后，那天你来我家看我，下巴上贴着橡皮膏，你说你和致中打架了，因为致中不肯跟我道歉。记得吗？我立刻就大发脾气了，我生气，不是因为致中不跟我道歉，而是气你。气你什么？我当时并不明白，后来我才想清楚了，我气你只想把我推给致中，气你乱管闲事，气你的——不想占有我！那天，你是真的把我气哭了，于是，你吻了我……"她大大地喘气，痴痴地看着他。

"你吻了我！致文，你不知道那一吻带给我的意义，你不知道我怎样发狂，怎样沉迷，怎样喜悦！我承认，你不是第一个吻我的人，我的初吻，是致中的。但是，和致中接吻的时候，我只在冷静地分析，他吻过多少人；冷静地思索，怎样可以让他不发现我是第一次！但是，你吻我的时候，我整个都昏了，都痴了。噢，致文，我是多么、多么、多么爱你啊！何以我始终不自觉？何以你也始终不能体会？那一吻原该让我们彼此了解了，可是，我那可怜的自尊心又作祟了，我怕你是在安慰我，因此，我多余地去问你为何吻我？傻瓜！你不会说你爱我吗？你却说，你会劝致中不要'一时糊涂'！哦，致文，你使我又误会了，误会你只要把我推给致中！我气得那么厉害，我狂喊我恨你，现在想来，只因为爱之深，才恨之切呀！"

她凝视着他的脸，一瞬不瞬地凝视着这张脸，这张木然的、毫无表情的脸，这张像僵尸一般的脸。她的声音已不知不觉地越说越高昂，越说越激动：

"后来，我和致中不来往了，你不知道，当时我反而有解脱之感，致中是对的，我和他之间，谁都没有爱过谁，那只是一场孩子的游戏。然后，在校园的红豆树下，致秀告诉我，你要出国了。你知道吗？我震惊得心都碎了，一想到你要离我远去，我就觉得世界完全空了！我说了许许多多你不该出国的理由，哦，致文，我是那么爱你哦！你的诗情，你的才气，包括你那份自卑的感情，你那半古典的文学气质，哦，致文，我实在是爱你啊！也在那天，你对我真正表示了你的感情。当你说'走，为你走！留，为你留！'的时候，我感动得简直要死掉了。后来，在雨果，你又对我说：'不是哥哥，哥哥不能爱你，哥哥不能娶你，哥哥不能跟你共度一生！'你知道吗？致文，这是我一生听到的最美妙的话！当你向我求婚的时候，我实在是千肯万肯，千愿意万愿意……但是，我多么该死啊！我那可恶的自尊心，我那可恶的虚荣心！只为了我对致中说过一句话：'我不会姓你家姓！'于是，我又把什么都破坏了，致中的阴影横亘在我们之间，你误会我对致中不能忘情，又一次严重地刺伤我，我们彼此误会，彼此曲解，彼此越弄越拧，越弄越僵，于是，我跑走了！我原可以投向你，大喊出我心里的话，但是，我却把什么美景、什么前途都破坏了！"

她低下了头，把脸埋在掌心里，有好一会儿，她一动也不动。这长篇的叙述，说出了多少梁太太、致中和致秀都不知道的故事。大家都呆站在那儿，浑忘身之所在。说的人是说得痴了，听的人是听得痴了。

她又抬起头来，她的目光死死地盯着他，她的声音里充满了激情：

"那天早上，我打电话给你，致文，你知道吗？我就是忽然间想通了，忽然间知道我一直爱着的是你了，忽然间大彻大悟了，我叫你来，就是要告诉你我今天说的话，要告诉你：我嫁你！你姓梁，我嫁你！你不姓梁，我也嫁你！你是致中的哥哥，我嫁你！你不是他的哥哥，我也嫁你！但是，致文，命中注定我要在那一刻听到父母的谈话，听到雨婷的存在，听到杜慕裳的存在！爸爸说'雨婷从初蕾手里抢走了致中'，使我又昏乱了，又迷失了，又伤了自尊了……所以，我跑到杜家大吵大闹了，事实上，我为妈妈的不平更胜于为我自己。但是，我想，你一定又一次误会了！致文，致文，是谁在拨弄我们？是谁在戏弄我们？命运吗？不，致文，我们也做了自己性格的悲剧！你的谦让，我的骄傲，你的自卑，我的自尊……我们始终自己在玩弄自己！但是，致文，不管怎样，我们的下场不该如此凄惨，当我往水里跳的时候，只是一时负气，根本没有思想。而你，为什么要跟着我往下跳呢？难道像我这样一个糊涂、任性、自私、倔强的傻瓜，也值得你为我而生，为我而亡吗？致文，你傻，你太傻，你太傻，你太傻……"

她一口气喊出了几十个"你太傻"。然后，她忽然扑了过去，用双手捧住了致文的面颊，叫着说：

"现在，我来了！听着，致文！你听清楚，你母亲在这儿，致中在这儿，致秀也在这儿！他们都帮你听着！你听清楚！我今生今世，跟定了你！你醒来，我是你的；你不醒，我是你的；你活着，我是你的；你死了，我也是你的！不过，如果你竟敢死掉，我也决不独自活着。套用一句你的话：'走，为你走！留，为你留！'我还要再加一句：'生，与你共！死，与你共！'从今以后，我就跟定了你！跟定了你！跟定了你！跟定了你！你听到了吗，致文？再也没有力量可以把我从你身边拉开！我跟定了你！跟定了你！跟定了你！……"

她狂喊着，激烈地狂喊着，痛心地狂喊着，不顾一切地狂喊着……梁太太终于走上前来了，她啜泣着去搂抱初蕾。在这一刹那，她才了解初蕾进门时给她的那个拥抱，她是完全以儿媳自居了。她哭着去搂抱初蕾，哭着去擦拭初蕾脸上的泪痕，哭着去抚平她的乱发……

忽然间，初蕾推开了梁太太，她扑向床边，睁大了眼睛去看致文。于是，梁太太和致秀、致中，也莫名其妙地跟着她的眼光看去。于是，赫然间，他们惊奇地发现，有两粒泪珠，正慢慢地从致文的眼角沁出来，慢慢地沿着眼角往枕上滴落。于是，大家都屏住了呼吸，大家都惊呆了。从没看过这么美丽的泪珠，从没看过生命的泉水是这样流动的。于是，初蕾蓦然发出一声喜极的狂呼，她就直扑向致文，发疯般地用嘴唇吻着那泪珠，发疯般地吻着那闭着的眼帘，发疯般地又哭又笑，发疯般地喊着叫着：

"谁说他没有知觉？谁说他听不到？谁说的？谁说的？谁说的？"

她从床边跳起来，直冲向屋外，正好和那刚下班回家的梁先生撞了个满怀，她又哭又笑地抓着梁先生，又哭又笑地大喊着：

"打电话给我爸爸！快打电话给我爸爸！叫他马上来！叫他马上来！致文醒了！他听得见我……他听得见我……他终于听得见我心底的呼声了！"

尾声

这是一栋郊外的小屋。

小屋前，有个小小的花园，花园里，种满了各种各样的花朵。玫瑰、蔷薇、茉莉、九重葛、万年青、菊花、茑萝……简直数不胜数。

这正是五月，天气还不太热，阳光灿烂，而繁花似锦。在那花园深处，有一棵高大的凤凰木，凤凰木下，有张舒适的软椅，软椅上，坐着一个年轻人。他怀里抱着块木头，正在精心雕刻着什么。

不用猜，这当然就是梁致文。他额上微有汗珠，却舍不得那么美好的阳光，舍不得那满园的花香，他不想进屋子里去。但是，他有些累了，放下那雕刻了一半的东西，他仰躺下去，望着那棵凤凰木，忽然有所发现，他就急急地呼叫起来：

"初蕾！初蕾！你来看！"

初蕾从屋子里面跑出来了。她穿着件简单的家常服，腰上围着围裙，头发已经长垂腰际，随随便便地披散在脑后。她红润、健康、漂亮而快活。

"什么事？"她奔到致文身边，"想进去了吗？我去把拐杖拿来！"

"不要！"致文伸手拉住她，"你看这棵凤凰木！"

她抬头向上看，凤凰木那细碎的叶子正迎风摇曳，整株树又高又大，如伞如盖如亭地伸展着。她困惑地说：

"这凤凰木怎样了？"

"像不像许多年前，你学校里那棵红豆树？"

她看着，笑了。

"是的，相当像。"

他把她的手拉进自己怀里。

"那是很多年很多年前的事了，是吗？"他问，微微有点感慨。

"那是上辈子的事，你提它干吗？"

"我在想，"他微喟着，"你实在不应该嫁给一个残……"

她一把用手蒙住了他的嘴，阻止了他下面的话。

"听我说！"她坚定地说，"前年，我在你床前又哭又说又叫，那时，我以为你死定了。可是，你会看了，你会说了，你又会雕刻了。明年，说不定你就会走了。即使你永远不会恢复走路，你也该知足了，最起码，你可以爱人和被爱。这世界上，还有什么事比这两样更重要呢？"

他凝视着她，是的，世界上，还有什么事比这两样更重要的呢？他实在不能再对命运有所苛求了！

屋里，有电话铃声传来，初雷放开他，奔进屋里去接电话，一忽儿，她又跑了出来，脸上有副似笑非笑的表情。致文看着她，问：

"谁的电话？"

"雨婷。"

"有事吗？"

"她提醒我，再有一星期，就是小再雷的两岁生日！"她深思地看着致文，"致文，假如二十二年后，你来告诉我，你又有了一个爱人，我不知道我会不会有妈妈这么好的风度。"

"你决不会！"致文说。

"是吗？"她挑起了眉毛。

"你是一条白鲸，你会把我吃掉！吃得连骨头都不剩！"

她笑了，斜睨着他。"不要把人看得那么扁，如果你那个爱人像杜阿姨一样通情达理，说不定我也能接纳，等于多一个闺中知己，像妈妈这样，即使世俗不能接受，又怎么样呢？"她潇洒地甩甩头，仿佛"那一天"已成"定局"。

"好，"致文抬着眉毛，望着天空，"谢谢你批准，二十二年后，我一定不让你失望，给你一个'闺中知己'！"他说。

"你敢！"她大叫，顺手摘了一朵花，打在他的脸上，"想得可好！"他伸手抄住了这朵花，笑了。

"江山易改，本性难移！"他说，把小花送到鼻端去。忽然，他看着那朵花，呆住了。

"怎么了！"她伸过头去看。

"石榴花!"他出神地说,"我不知道你种了石榴花,我也不知道,又到石榴花开的季节了。"

她注视着那朵石榴花,微笑起来。

"大惊小怪!石榴花有什么稀奇?我这花园里还有稀奇的玩意儿呢!"

"是什么?"

"不告诉你!"

他伸手抓住她。"少故作神秘了!"他说,"你以为我不知道吗?去年年底,你在那边墙角偷偷摸摸地种下一颗种子,今年,它居然冒出嫩芽来了。我只是不懂,你为什么要种它?难道你没念过那首诗——'泥里休抛取,怕它生作相思树'吗?"

"因为那是错误的!"她忽然羞赧起来,脸红了,"红豆树并不是相思树!"

"好,你种棵红豆树干什么?"

"那颗红豆——就是你的那颗。"她羞羞涩涩地、结结巴巴地说,"我只是种下去试试看,谁知道,它真的发芽生长了。我在想,它将来会长成一棵大树,等……咱们的孩子大了,或者会问我:'妈,为什么院子里有棵红豆树?'我就会对她说:'我要告诉你一个———颗红豆的故事!'"

他怔怔地望着她。

"咱们的孩子?"他喃喃地问。

她蓦然间满面潮红,站在他面前,她把他的头揽入怀中,用双手紧紧地抱着他,让他的头贴在她的肚子上。于是,他立刻明白了！他抱紧她，喜悦地，激动地，狂欢地问：

"多久了？多久了？你居然不告诉我！"

"我也是——刚刚才证实哩！"她笑着，又低语了一句，"如果是个女儿，我要给她取个小名叫红豆。"

"如果是个男孩子呢？"他问，又自己接下去说，"我给他取个小名叫鲸生。"

"叫什么？"她没听懂。

"白鲸生的儿子，岂不是要叫鲸生？"

"你……"她笑开了，"真会胡说！不跟你乱盖了！"她转身跑开了。

于是，他也笑了，目送她那活泼、潇洒的背影，消失在房间里。他不自觉地抬起头来，从树叶的隙缝里望着天空。能爱人也能被人爱，这世界还能更美好吗？还能吗？一时间，他满胸怀都充满了感激之情。

阳光穿过了凤凰木那细碎的叶子，在他身前身后，洒下了无数闪亮的光点。

——全书完——

一九七七年十一月二十七日深夜初稿完稿

一九七八年一月十二日黄昏修正

（京权）图字：01-2025-0195

图书在版编目（CIP）数据

一颗红豆 / 琼瑶著 . -- 北京：作家出版社，2025.1.
（琼瑶作品大全集）. -- ISBN 978-7-5212-3236-3

Ⅰ. I247.5

中国国家版本馆 CIP 数据核字第 2025MM6080 号

一颗红豆（琼瑶作品大全集）

作　　者：琼　瑶
责任编辑：赵文文
装帧设计：棱角视觉　纸方程·于文妍
责任印制：李大庆　金志宏
出版发行：作家出版社有限公司
社　　址：北京农展馆南里 10 号　　　邮　　编：100125
电话传真：86-10-65067186（发行中心）
　　　　　86-10-65004079（总编室）
E-mail: zuojia@zuojia.net.cn
http://www.zuojiachubanshe.com
印　　刷：河北京平诚乾印刷有限公司
成品尺寸：142×210
字　　数：150 千
印　　张：7.625
版　　次：2025 年 1 月第 1 版
印　　次：2025 年 1 月第 1 次印刷
ISBN　978-7-5212-3236-3
定　　价：2754.00 元（全 71 册）

品 琼 瑶 经 典

忆 匆 匆 那 年

琼瑶作品大全集